VERLAG ANTJE
KUNSTMANN

DANIEL GASCÓN

DER HIPSTER VON DER TRAURIGEN GESTALT

Roman

Aus dem Spanischen
von Christian Hansen

Verlag Antje Kunstmann

Inhalt

TAGEBUCH EINES NEUEN LEBENS

18. Februar

Wie schön, hier aufzuwachen. Kurz vor sechs kräht der Hahn sein Lied. Wenig später dringen die ersten Klänge des erwachenden Dorfes an mein Ohr: Tomás mit dem Motorpflug, Javier mit dem Motorpflug, Rogelio mit dem Traktor, Paco mit dem Motorpflug.

Ich bleibe noch ein paar Minuten liegen und lese in *Leeres Spanien*. Als die Kirchenglocken läuten, bin ich schon auf dem Sprung nach draußen, mit einer Energie, wie ich sie lange nicht gekannt habe. Und dem Gefühl, etwas wirklich Wichtiges zu tun, in Einklang mit der Natur zu sein, aber auch mit mir selbst.

Ob es die Aufbruchstimmung ist? Das Wissen, mich fernab der Frivolität und leeren Geschwindigkeit des modernen Lebens zu befinden, mit einem echt bahnbrechenden Projekt vor Augen, einer noblen, transversalen Initiative?

Ich habe meine Tante gefragt, ob wir nicht Schafsmilch trinken könnten. Sie sagt Nein, anscheinend trinkt sie nur Milch aus dem Tetrapak, weil sie vor Jahren Brucellose hatte. Aber schon frühmorgens geht sie in den Stall, melkt das Schaf, und wenn ich runter in die Küche komme, steht meine Milch (dreimal abgekocht) schon da. Die einfachen Leute sind klasse.

Yanis hüpft vor Freude, er wartet schon im Hof, als wir rauskommen. Ich bin froh, ihn hier so glücklich zu sehen.

19. Februar

Heute Bestandsaufnahme im Dorf.

Zum Kaufladen gehen macht Spaß. Man grüßt, hängt dort morgens eine Weile rum, die Frauen kommen und erzählen ihre Geschichten. Die Leute hier verstehen viel von Zeit. Es gibt zwei Läden. Der eine heißt hier Estanco, obwohl es eigentlich ein normaler Kiosk ist. Beim anderen steht der Name Dardo an der Tür, aber alle nennen ihn den Laden von Lucía, obwohl die Frau, der er gehört, nicht Lucía heißt (das war die Mutter, glaube ich).

Ich habe eine Weile nach dem Regal mit den Bioprodukten gesucht, es aber nicht gefunden. Auch Hola Coffee konnte ich nirgends entdecken. Ich werde morgen fragen. Die Verkäuferin redete gerade mit einer Kundin, offenbar ein wichtiges Gespräch.

Ich habe mit der Sekretärin vom Rathaus gesprochen (sie nennen sie die Vorsteherin), um mich zu erkundigen, ob ich den Bürgermeister sprechen und ihm das Projekt erläutern kann. Sieht aus, als wäre er im Sägewerk sehr eingespannt.

Die Bekanntmachungen kommen über die Lautsprecheranlage des Rathauses. Die Sekretärin verliest die Durchsagen. Zur Ankündigung erklingt jedes Mal eine dieser aragonesischen Volksweisen, die sie Jota nennen.

Zwei Bars gibt es, die an der Hauptstraße und die von Lorenzo. Die von Lorenzo heißt Tropezón, aber alle nennen sie die Bar von Lorenzo. Fast sämtliche Männer des Dorfes sind in Rente oder arbeitslos. Am Nachmittag gehen die einen erst in die Bar an der Hauptstraße und dann in die von Lorenzo, die anderen erst in die von Lorenzo, dann in die an der Hauptstraße. Ich bin noch unentschieden, welcher Gruppe ich mich anschließen soll. Wird es mir hier so ergehen wie damals mit meiner Clique, wo ich für einen dritten Weg plädierte und mich schließlich im Niemandsland wiederfand?

Am Nachmittag unternehme ich einen Spaziergang. Die Alten (allesamt Männer) spielen Petanca, werfen ihre Kugeln auf einer Esplanade, die manche die Großelternschaukel nennen, andere das Mahnmal der Gefallenen. Kaum zu glauben, dass das polarisierende und feindselige Klima sozialer Netzwerke selbst so einen abgelegenen und friedlichen Ort erreicht.

Die Abenddämmerung ist hier wunderschön. Ich habe versucht, ein Foto von mir und Yanis zu machen, um es auf Instagram hochzuladen, aber ich hatte keinen Empfang. Morgen werde ich es noch mal versuchen.

Ich würde lügen, wenn ich behauptete, dass ich die Dächer von Madrid nicht vermisse, die ich immer von Linas Mansarde aus sah. Aber die Luft ist sauber und erfrischend, und nachts sieht man alle Sterne.

20. *Februar*

In der Bar. Kameradschaft. Rauer, herzlicher Humor. Einer der Arbeiter vom Sägewerk hebt die Hand (an der er nur zwei Finger hat) und sagt: »Fünf Bier für die vom Sägewerk.« Wir lachen alle, obwohl es mir fast so vorkommt, als hätte er den Witz gestern und vorgestern auch schon erzählt. Der Bürgermeister, dem das Sägewerk gehört, war auch da. Ich habe versucht, mit ihm zu sprechen, aber er hat gesagt, das sei jetzt nicht der Moment. Die ehemaligen Bergleute und heutigen Rentner sind nett. Sie verbringen ihre Nachmittage damit, eine Flasche Bier nach der anderen zu trinken. Zwei von ihnen, Javier und Ramiro, haben mir Anekdoten von der Jagd und von ihren Hunden erzählt, vor allem von einem, den sie Santi getauft haben und der sehr cholerisch ist. Sie jagen Rebhühner, Wachteln und Füchse. Am liebsten aber Wildschweine. Ich habe ihnen gesagt, ich sei kein großer Freund der Jagd und dass wir meines Erachtens die Tiere mehr respektieren, sie als fühlende Wesen anerkennen müssten, obwohl ich verstehen würde, dass es erforderlich sein könne, die Populationen zu kontrollieren, weil das ökologische Gleichgewicht durch den Eingriff des Menschen in die Natur bereits gestört sei.

Javier hat gefragt, ob ich eventuell ein bisschen schwul bin. Lourdes, die Kellnerin, hat zu ihm gesagt: »Eventuell bist du ein bisschen grob!«, und alles hat sich in Wohlgefallen aufgelöst.

Ich habe versucht, das Foto auf Instagram hochzuladen, vergeblich.

21. Februar

Auf dem Hof mit meinem Onkel Rafael. Ein kleiner Betrieb. Er hat mich gebeten, ihm zur Hand zu gehen, und so mache ich mich nebenbei mit den Dingen vertraut. Yanis hatte seinen Spaß, ist rumgesprungen. Der Hund von meinem Onkel hat ihm ein bisschen Angst gemacht, aber am Ende haben sie sich vertragen.

Wir haben eine Weile im Gemüsegarten gearbeitet. Dann habe ich ihm bei den Tieren geholfen. Mich erstaunt die heteropatriarchalische Ordnung im Hühnerstall. Es ist schon barbarisch, wie unsere Kultur das Leben der Tiere auf den Kopf gestellt hat. (Ich musste an Walter Benjamin denken.)

Ich weiß nicht, ob Rafael mich richtig verstanden hat, als ich ihm das sagte. Jedenfalls ist das etwas, das wir ändern müssen, wenn wir unser Projekt starten.

Ich habe Rafael gesagt, ich würde lieber zu Fuß nach Hause gehen, was ich dann auch tat. Ich finde wirklich, dass man in La Cañada zu viel Auto fährt. Ich halte das für nicht besonders rücksichtsvoll der Umwelt gegenüber. Es wurde irgendwann dunkel, und ich habe mich verlaufen. Das war aber nicht schlimm. In kaum drei Stunden bin ich auf die Hauptstraße gestoßen, und noch eine Weile später habe ich ein Auto kommen sehen. Es hat angehalten, und darin saß Lourdes, die Kellnerin aus der Bar an der Hauptstraße.

Sie hat mir gesagt, in der Nähe des Repeaters, auf der Tenne, gebe es eine Stelle mit gutem Empfang. Sie hat mir auch eine Creme für meine Hände gegeben, die vom Hacken im Garten voller Schwielen waren. »Meine Güte. Was für schöne Hände du hast. Vom nicht Arbeiten«, hat sie gesagt.

Mein Onkel Rafael hat sich kaputtgelacht, als ich ankam.

22. Februar

Eine Dunstglocke wie über Madrid gibt es hier nicht, aber abends, wenn der Wind von Osten kommt, zieht oft ein strenger Geruch auf. »Der Schweinewind weht«, sagt meine Tante dann. Es ist der Geruch der Ställe.

23. Februar

Endlich hat mich der Bürgermeister empfangen. Es lief ganz gut. Ich habe ihm in groben Zügen unser Projekt erläutert. Die Idee, etwas zu tun, das man im neoliberalen Jargon ein Start-up nennen könnte, aber mit dem Ziel, den organischen Zusammenhalt und die tiefe Verbundenheit aller Lebewesen untereinander sowie mit ihrer Umgebung zu stärken, ausgehend vom Respekt zwischen den Geschlechtern und Arten und einer auf kollaborativer Horizontalität gegründeten, nachhaltigen Entwicklung, die eine dynamische

Wechselbeziehung zwischen Althergebrachtem und Modernem abseits der tyrannischen Triebkräfte des Spätkapitalismus, dessen operative Logik sich verheerend auf den Planeten und die Menschheit auswirke, ermöglichen könnte.

»Und warum das alles?«, hat er gefragt.

Ich hab's ihm noch genauer erklärt, aber er hat skeptisch geguckt.

»Ihr wollt doch bestimmt irgendwelches Geld.«

Als ich ihm versicherte, dass wir nichts dergleichen bräuchten, nur das Placet des Rathauses, schien ihn das etwas zu beruhigen.

Als ich ging, hörte ich, wie er zu der Sekretärin sagte:

»Der will irgendwas.«

In meinen Augen ein Zeichen, dass er an das Projekt glaubt.

24. Februar

Ich habe geträumt, ich würde mir in der Filmothek *Uzala, der Kirgise* ansehen.

25. Februar

In der Bar. Ramiro sagt, die Politiker seien alle gleich und wollten sich nur bereichern. Ich habe zu relativieren versucht, indem ich sagte, er ziehe vielleicht voreilige Schlüsse, man müsse das differenzierter sehen. Er hat mich gefragt, ob ich ihn für bekloppt halte. Überhaupt nicht, habe ich gesagt, ich würde ihn bitten, nicht gleich so empfindlich zu reagieren. »Was hat er gesagt, soll ich ihn kaltmachen?«, hat er seinen Bruder Javier gefragt. Lourdes hat die Wogen etwas geglättet.

Ramiro bestand darauf, alles zu zahlen.

Ich habe in Lucías Laden keine Quinoa gefunden. Auch keinen Hola Coffee. Er steht nicht bei dem anderen Kaffee. Mal sehen, ob ich morgen mit der Verkäuferin reden kann. Sie redete gerade mit derselben Frau wie neulich, wieder war es offenbar ein wichtiges Gespräch.

Auf dem Marktplatz hat Pascual zu mir gesagt: »Wenn dein Hund weiter den Hündinnen nachsteigt, wird man ihn dir kastrieren.«
Ich muss eine Leine kaufen.

Keine Nachricht vom Bürgermeister.

26. Februar
Ich habe geträumt, ich sähe einen Film von Chris Marker.

27. Februar
Ich habe von Lina geträumt.

Wer hat bei einem solchen Himmel schon Lust auf *Uzala, den Kirgisen*?

28. Februar
An diesem Morgen war ich schon wach, ehe der Hahn krähte. Ich habe meiner Tante gesagt, ich wolle doch lieber keine Schafsmilch. Irgendwas behagt mir nicht am Schafemelken. Es ist und bleibt doch eine Form sexueller Belästigung.
Meine Tante hat es gut aufgenommen. Anfangs schien sie den Tränen nahe, aber dann hat ihr mein Standpunkt eingeleuchtet.

»Dieser Junge«, hat sie gesagt. Ich glaube, im Grunde ist sie stolz auf mich.

1. März

Bis spät mit Ramiro und Javier in der Bar Karten gespielt und getrunken.

Auf dem Nachhauseweg schrieb ich Lina eine Nachricht. Ich ging zur Tenne, um sie ihr zu schicken. Aber es gab keinen Empfang.

2. März

Der Hahn hat mich geweckt. Ich ging rüber zur Tenne. Es gab Empfang. Ich habe mir Hola Coffee bei Amazon bestellt. Nach langem Zögern, aber ich konnte nicht anders.

Ich bin froh, Lina die Nachricht nicht geschickt zu haben.

3. März

Ich habe beschlossen, mich ans Werk zu machen. Ich kann nicht warten, bis der Bürgermeister sich pro oder contra äußert. Ich habe mir gedacht, ich muss bei null anfangen, und werde einen Workshop zur neuen Männlichkeit anbieten.

Ich bin zur Sekretärin gegangen und habe sie gebeten, über die Lautsprecheranlage des Rathauses Folgendes zu verbreiten:

Hiermit wird bekannt gegeben, dass für alle, die Lust haben, ab jetzt immer dienstags ein didaktisch-lebenspraktischer Workshop zur neuen Männlichkeit aus genderkritischer Sicht stattfindet.

Der Workshop verfolgt das Ziel:

- Männer für die verschiedenen Formen von Gewalt gegen Frauen und anderweitige geschlechtsspezifische Ungerechtigkeiten zu sensibilisieren;
- die Textur männlicher Subjektivität unter Berücksichtigung der Frage der Macht als strukturierendem Faktor von Männlichkeit genauer kennenzulernen;
- die mit verdeckten und vermeintlich naturgegebenen Privilegien von Männlichkeit verbundenen Vorteile deutlich sichtbar zu machen;
- bestimmte, männlich-patriarchalischer Subjektivität dienende Praktiken in den Bereichen zwischenmenschliche Beziehung und Sexualität, emotionale Gesundheit und Care-Arbeit zu entlarven;
- theoretische und praktische Werkzeuge anzubieten, die den Gesinnungswandel der Männer hinsichtlich einer größeren Geschlechtergerechtigkeit vorantreiben helfen.

Alle Interessierten sind herzlich eingeladen, sich um sechs Uhr abends in der Garage von Tante Pilar, der vom Mesonero, einzufinden.

Seit Langem habe ich mich nicht mehr so gut gefühlt.
Das könnte morgen ein großer Tag werden.

ABENTEUER IM KAMPF DER KULTUREN

4. März

Die erste Sitzung des Workshops Neue Männlichkeit war ein Erfolg.

Anfangs war ich etwas besorgt, weil nur meine Tante und ihre Freundin Pura gekommen waren. Aber dann kamen noch zwei weitere Frauen, und es wurde lebhafter. Die Sitzung diente ja dazu, einander kennenzulernen und sich mit den Grundlagen vertraut zu machen.

Hinterher ist mir aufgefallen, dass ein paar Männer auf dem Platz herumstanden. Sie schauten neugierig. Man soll das Fell des Bären nicht verteilen, ehe er erlegt ist, aber ich halte das für ein gutes Zeichen. Möglicherweise melden sie sich in den nächsten Tagen an.

Ich weiß, man sollte lieber keine zynegetischen Vergleiche verwenden. Andererseits ist das vielleicht ein Anzeichen dafür, dass ich mich anpasse.

5. März

Ich habe schon meine kleine Routine. Ich stehe morgens auf und mache im Innenhof Yoga. Jeden Tag kommt eines der Kinder auf dem Weg zur Schule vorbei und schaut von hinter dem Tor aus zu, wie ich den Sonnengruß mache.

Ich frühstücke mit meiner Tante. Mein Onkel ist dann immer schon aus dem Haus. Einmal hat er gesagt, ich könne ihn aufs Feld begleiten, wenn ich mich körperlich betätigen wolle, dann könne ich mir dieses schwule Getue sparen. Ich bin ihm für sein Angebot dankbar, aber ich finde, für die Arbeit auf dem Feld ist es um die Zeit noch zu früh; ich glaube, man muss der Natur Gelegenheit geben, langsam wach zu werden.

Mit dem Rad und Yanis fahre ich runter nach Valdepinar. Dort, auf den Terrassenfeldern meines Großvaters, könnten wir mit unserem Zentrum anfangen. Die Baulichkeiten dort (sie nennen sie Abferkelbuchten) sind relativ gut in Schuss.

Ich esse zu Hause bei Tante und Onkel. Meine Tante kocht. Ich habe auf sie eingeredet, ja nicht dem Druck nachzugeben, ihre Kochgewohnheiten zu globalisieren, sondern an der traditionellen Küche festzuhalten. Andererseits habe ich schon den Eindruck, dass wir zu viel Fleisch essen. Eine Gratwanderung.

Nachmittags gehe ich meistens in die Bar. Ich gehe lieber gleich in die an der Hauptstraße. Fast immer treffe ich da Xavier und Ramiro. Zu Abend esse ich dann zu Hause, so gegen neun. An zwei Abenden in der Woche koche ich. Um für etwas Abwechslung zur traditionellen Küche zu sorgen, versuche ich mich an exotischen Gerichten. Manchmal fehlen mir dafür die Zutaten. Aber Borretsch passt erstaunlich gut zu indischen Rezepten.

Mein Onkel sagt, er wolle lieber ein Omelett. Was nach Ansicht meiner Tante genauso exotisch ist, schließlich sei der Name ausländisch. Manchmal gehe ich anschließend wieder runter in die Bar. Meistens sind Javier und Ramiro noch da. Am Wochenende kommt auch Mohammed, ein Marokkaner, der im Dorf als Schafhirte arbeitet. Es gibt keine einheimischen Hirten mehr, erfahre ich, und die Schafscherer sind Rumänen. Er bestellt ein Bier. (Ich sage nichts, aber es gefällt mir nicht, dass er seine religiösen Prinzipien aufgibt, um sich einer feindlichen Umgebung anzupassen. Ob man will oder nicht, es ist doch eine Identitätsverstümmelung.) Nachts schreibe ich mein Tagebuch.

Onkel und Tante sahen beim Essen fern. Die Nachrichten. Ich habe sie davon überzeugt, das nicht mehr zu tun. Zu dumm, dass es wegen der schlechten Verbindung hier nicht einfach ist, alternative Informationsquellen zu finden. Aber am Ende ist es ungleich gefährlicher, sich den Interessen der systemkonformen Medien ohne kontrastierende Sichtweisen auszuliefern.

Lourdes hat mich gefragt, wie es im Workshop gelaufen sei.

Vom Bürgermeister habe ich noch nichts gehört.

6. März

Das mit dem Fell des Bären habe ich nicht so ernst gemeint.

7. März

Die Dorfbewohner sind einfache, herzensgute Leute. Die Ärztin, Doña Carmen, lebt hier mit ihren drei Kindern (fast die Hälfte derer, die die Schule am Rand der Tenne besuchen.) Dreimal die Woche kommt eine Krankenschwester vorbei. Die Ärztin hält auch im Nachbarort Sprechstunde.

Ein paarmal die Woche öffnet auch die Bankfiliale. Ismael, den sie Onkel Junggeselle nennen, wobei eigentlich die meisten Männer im Dorf unverheiratet sind, geht am Ersten jedes Monats hin, um sich zu erkundigen, ob die Rente da ist. Er lässt sich das Geld geben, zählt es, gibt es zurück und geht wieder.

Mittwochs ist Obstmarkt, donnerstags Kleidermarkt. Dienstag und Donnerstag gibt es frisches Brot; es kommt aus Molinos; kaufen kann man es im Laden von Lucía. (Ich habe versucht, etwas über meine Bestellung von Hola Coffee in Erfahrung zu bringen, aber es gab keinen guten Empfang.)

Manchmal kommt der Pfarrer nachmittags in die Bar, Alejandro, der für mehrere Dörfer zuständig ist. Er parkt den Wagen in der Garage gegenüber der Schule. Man nennt ihn hier die 113, weil er immer dann kommt, wenn die 112, der Krankenwagen, nicht rechtzeitig eingetroffen ist. Er erzählt, er sei kürzlich bei einer Verkehrskontrolle von der Guardia Civil angehalten worden, nachdem er in mehreren Dörfern den Gottesdienst gehalten hatte. Bevor er ins Röhrchen blies, sagte er:

»Jetzt werden wir sehen, ob das mit der Wandlung funktioniert.«

Alejandro war früher Missionar in Afrika. Er erzählt Geschichten aus jener Zeit. Einmal sei ein Zwölfjähriger zu ihm gekommen, der über unerträgliche Schmerzen klagte. Der Kiefer war ihm aus dem Gelenk gesprungen. Alejandro fragte, wie das passiert sei. Man erklärte ihm, ein alter Mann aus dem Dorf habe eine Geschichte erzählt und der Junge sei darüber in ein so verzweifeltes Gähnen geraten, dass er sich den Kiefer ausgerenkt habe.

»Das ist die beste Zusammenfassung für die Weisheit der Altvorderen und ihre Lagerfeuergeschichten, die ich kenne«, hat er heute erzählt.

Eine interessante Geschichte. Mir ist nicht entgangen, dass die

Anekdote darauf abzielt, mittels eines vorschnellen und einseitigen Empirismus und im Rekurs auf ein in jeder Hinsicht unzureichendes, trügerisch lebensnahes Argument sowie unter Berufung auf die klassische Dominanzstruktur, die der entmystifizierende Humor darstellt, die berechtigte Gültigkeit anderer Weltanschauungen in Misskredit zu bringen, in der kaum verhohlenen Absicht, einer eurozentristischen und insofern reaktionären Sichtweise das Wort zu reden.

»Mach aus einer Mücke keinen Elefanten, Junge. Das ist nur etwas, das ich erlebt habe«, hat Alejandro zu mir gesagt.

Aber ich wurde das Gefühl nicht los, dass die Geschichte sich in gewisser Weise an mich richtete. Hat Alejandro im Äquatorialafrika der Achtzigerjahre nicht irgendwie so was Ähnliches gemacht wie ich? Und was sagt mir das jetzt für meine Situation hier?

Ramiro hat mich zu einem weiteren Bier eingeladen.

Das mit dem Bären war ein leerer Signifikant.

8. März

Habe auf dem Marktplatz gewartet, dass mehr Leute an der Kundgebung zum Internationalen Frauentag teilnehmen. Schließlich ist meine Tante gekommen, sie hat mich gefragt, ob ich einen Happen essen will.

Am Abend habe ich in der Bar mit Mohammed gesprochen. Ich habe ihn gebeten, mir am Wochenende auf dem Terrassenfeld zu helfen. Vorerst keine große Sache, den Weg von Gestrüpp und Unkraut befreien. Er hat zugesagt, war etwas verwundert. Natürlich kriegt er dafür Geld.

Wir kommen voran. Es ist ein diverses Projekt.

9. März

Heute Morgen bin ich mit Ramiro und Javier nach Alcorisa gefahren, Werkzeuge für die Arbeit auf dem Terrassenfeld kaufen. Wir haben am Supermarkt gehalten, und ich habe Sachen für zu Hause besorgt. Ramiro und Javier bestehen darauf, dass ich sie mal zur Jagd begleiten soll; Tante sagt, sie würden alle Schießwettbewerbe in der Umgebung gewinnen. Es ist unklar, wer der treffsicherere Schütze von beiden ist.

Am Nachmittag habe ich zusammen mit Mohammed gearbeitet.

Es gab guten Empfang, und ich habe vom Carrefour-Parkplatz aus Edu angerufen. Ich habe ihm von meinen Fortschritten erzählt. Er hat gesagt, unsere Organisation sei auseinandergebrochen und habe dann mit einer anderen fusioniert. Die ursprüngliche Organisation gebe es nicht mehr, aber die aus der Fusion neu hervorgegangene habe ihren Namen übernommen, ihre politische Ausrichtung sei jedoch eine völlig andere; laut Edu handelte es sich um eine Neuausrichtung, die im Grunde sehr unserem ursprünglichen Projekt ähnelte. Im Zuge der Spaltung sei ich als Dissident ausgeschlossen worden, sagte Edu, aber bei der Fusion fand man, meine Person könnte dabei helfen, Animositäten abzubauen, sodass man mich mit im Wesentlichen identischen Funktionen wiederaufgenommen hat. Das könne sich noch ändern, hat er mir verraten, es gebe Gerüchte über eine erneute Kurskorrektur, aber ich soll mir keine Sorgen machen.

Ich habe ihn nach Lina gefragt. Er sagt, er habe sie schon länger nicht gesehen.

10. *März*

Morgens arbeite ich mit Mohammed.

Am Nachmittag bin ich schwimmen gegangen.

Am Stausee. Ich bin mit dem Rad hingefahren. Gerade als ich hineinspringen wollte (wegen der Dürre gab es wenig Wasser, und es war eisig, Yanis zeigte keinerlei Interesse, obwohl er doch so gern schwimmt), wurde ich durch lautes Geschrei aufgeschreckt.

Es war der Förster, Roberto. Er hat gesagt, es wäre sehr unklug, da reinzuspringen, wegen der derzeitigen starken Dürre sei das zu gefährlich, erst recht, wo es bald dunkel werde. Im letzten Jahr sei hier ein Junge aus dem Dorf umgekommen. Er hat darauf bestanden, mich in seinem Geländewagen nach Hause zu fahren, mit Yanis und dem Rad hintendrin. Während der Fahrt sprach er fast kein Wort, es lief Musik von La Ronda de Boltaña. Am Ortseingang ließ er mich raus, und ich habe mich bedankt.

Javier hatte mir gesagt, Roberto sei mit Lourdes zusammen, aber ich bin mir nicht sicher.

11. *März*

Im Workshop Neue Männlichkeit. Fünf Leute. Meine Tante, Pura, die beiden Frauen vom letzten Mal und die Tochter der Ärztin.

Das scheint wenig, aber prozentual gesehen ist es doch beachtlich. Stimmt schon, es wäre besser, wenn ein Mann mit von der Partie wäre. Aber ich will mich nicht mit Details verrückt machen.

Lourdes hat mich nach dem Erlebnis am Staudamm gefragt. Möglicherweise sind sie doch zusammen.

Am Abend habe ich mit Onkel und Tante über Jared Diamond und seine These gesprochen, die Jungsteinzeit sei für die Menschheit eine Tragödie gewesen. Obwohl sie zu einem Bevölkerungswachstum geführt hat, haben sich Ernährungslage und Lebensbedingungen insgesamt verschlechtert. In Wirklichkeit, sagte ich und dachte dabei an Yuval Noah Harari, war es nicht der Mensch, der das Getreide, sondern das Getreide, das den Menschen domestiziert hat. Wir sind Gefangene der Landwirtschaft.

Mein Onkel ist bald ins Bett gegangen, für die Arbeit auf dem Feld muss er früh aufstehen. Aber ich glaube, die Sache hat ihn interessiert.

Ich überlege mir, einen Lesekreis zu gründen.

12. März

Ein unangenehmer Vorfall. Als ich heute Morgen zu den Terrassenfeldern fuhr, sah ich die Schmierereien. »Fick dich, Fremder.« Ich habe mir im Laden von Lucía Farbe besorgt. Weil ich den Pinsel vergessen hatte, musste ich zweimal mit dem Rad hin und her fahren. Als ich zu Hause ankam, um ihn zu holen, sagte meine Tante, ich hätte auch das Auto nehmen können, aber ich finde, wie gesagt, dass hier zu viel Auto gefahren wird. (Ich habe darüber nachgedacht, ob der öffentliche Nahverkehr eine Möglichkeit wäre, wobei mir natürlich klar ist, dass die geringe Bevölkerungsdichte ein Problem sein könnte.)

Den Nachmittag habe ich mit Pinseln verbracht und versucht, meinen Ärger mit körperlicher Arbeit zu besiegen. Etwas tun, Probleme in Angriff nehmen, nicht verbittern. Das sind einige der Strategien, die ich mit der Zeit gelernt habe. Im Übrigen sollte ich mir einen Namen für das Projekt ausdenken. Tatsächlich war der Platz für die Schmiererei gut gewählt. Man konnte sie vom Dorf aus sehen, fast den ganzen Weg über bis hierher.

»Fremder« habe ich übermalt. Morgen mach ich »Fick dich« weg.

Jetzt ist Brainstorming angesagt.

13. März

Nachhaltige Utopie?
Grenzenlose Gärten?
Projekt Überbau?
YIMBY Aragón?
Projekt Überbau gefällt mir ziemlich gut. Ein nettes Wortspiel: Projekt Überbau, Projekt über Bau.

14. März

Ich habe einen Fehler gemacht.

Das kam wohl, weil ich etwas zu viel getrunken hatte. Wir, Mohammed und ich, waren von den Terrassen ins Dorf zurückgekommen, ohne zu Abend gegessen zu haben, und ich war gereizt, keine Ahnung, warum. In der Bar habe ich gesagt, ich hielte die Schmiererei für eine Schande, für verabscheuenswürdig. Das beweise meines Erachtens eine Fremdenfeindlichkeit, die nicht nur auf den zurückfalle, der das verbrochen hat, sondern auf das ganze Dorf. Wie könne man jemanden so behandeln, der unter uns lebt, der unseren Alltag mit uns teilt, dazu aus so atavistischen Beweggründen wie Rasse oder Religion? War uns nicht bewusst, wie viele Unterschiede schon zwischen uns Einheimischen bestanden, ohne dass das etwas an der Tatsache änderte, dass es eine gemeinsame Menschheit gab und wir die Fähigkeit besaßen, uns in das Leid und in die Freude anderer hineinzuversetzen? Stand uns unsere Einheit und Verletzlichkeit im täglichen Abenteuer der Existenz nicht deutlich vor Augen? Die traurigsten Episoden der Menschheit hatten doch genau so begonnen: Jemand rechtfertigte die Ausgrenzung im Namen religiöser oder ethnischer Zugehörigkeit, im Namen eines Gottes, den man verehrte, einer Sprache, die man sprach, einer Hautfarbe, die man besaß, und die anderen, die sogenannten anständigen Leute, tolerierten dieses Vorgehen.

»Du, ich glaube, die Schmiererei geht nicht gegen den Araber«, hat Roberto gesagt. »Ich glaube, du bist gemeint.«

Mohammed stand neben mir, er hat kein Wort gesagt.

Lourdes hat gesagt, mein Bier geht aufs Haus.

Ich glaube, sie und Roberto sind ein Paar.

Ich habe Lina eine Mail geschrieben. Und sie dann gelöscht.

15. März

Ich habe noch eine Mail geschrieben. Sie wieder gelöscht.

16. März

Der heutige Tag im Dorf war heftig.

Gegen 9 Uhr 30 bin ich vom Lärm geweckt worden. Von der Straße drangen Stimmen herauf. Ich sprang aus dem Bett und rannte nach unten. Meine Tante lief kreuz und quer durchs Haus und sah sehr besorgt aus. Mein Onkel fluchte vor sich hin, während er irgendwelche Sachen zusammensuchte. Meine Tante hat aus dem Fenster geschaut.

»Was ist los?«, habe ich gefragt.

»Das Sägewerk brennt.«

Mein Onkel hat gesagt: »Kommst du, oder was?«, während er in die Garage lief. Meine Tante hat protestiert. »Wieso soll denn der Junge mit?« Aber ich kam mit. Die Sache betraf mich auch, da konnte ich nicht zu Hause bleiben.

Als wir ankamen, standen da Leute mit Eimern und bildeten eine Menschenkette. Ganz vorn Roberto, der die anderen anleitete. Die Leute sprachen über die Brände von vor ein paar Jahren, bei einem hatte man das Dorf evakuieren müssen. Zum Glück blies der Wind heute nicht in diese Richtung, aber Roberto befürchtete, das Feuer könne sich zum Wald hin ausbreiten. Nach einer Weile bemerkten wir dann den Hubschrauber der Guardia Civil. Wie sich das von anderen Situationen unterschied, in denen seine Anwesenheit eine zermürbende Drohkulisse über den Köpfen der Demonstrierenden spannte. Ein ergreifender Moment, trotz der brenzligen Lage: Die spontane Bereitschaft der Leute, Hand in Hand zu arbeiten, ihren Lebensraum zu verteidigen. Menschenketten, Solidarität, Selbstlosigkeit. Es lag geradezu etwas Organisches in dieser einmütigen Reaktion. Ich musste an Jean-Michel Jarre denken.

»Er wird mit einem blauen Auge davonkommen«, sagte mein Onkel.

»Warum?«

»Trägt der Cabezo Wolkenmützen, regnet's dem Herrgott viele Pfützen.«

Wie konnte das passieren?

Anscheinend war heute Morgen gegen 8 Uhr 30 eine Drohne von Amazon über dem Dorf aufgetaucht. Ramiro und Javier, die das Jagen für diesen Tag beendet hatten, befanden sich auf dem Heimweg, als sie die Drohne sahen. Sie waren sich nicht sicher, um was genau es sich handelte, beschlossen aber, darauf anzulegen.

Es herrscht eine gewisse Uneinigkeit darüber, wer von beiden getroffen hat, jedenfalls haben sie das Ding vom Himmel geholt. Sie sagen, die Drohne habe eine etwas seltsame Flugbahn beschrieben, wie ein kaputter Luftballon, und sei dann am Sägewerk zerschellt.

Die Leute haben prompt reagiert, und der Regen hat Schlimmeres verhindert. Mit anderen Worten: Dem Brand ging die Puste aus. Ein paar Sachen im Sägewerk sind verkohlt, aber alles nicht weltbewegend. Beim Anblick der Überreste der Drohne fragten sich die Leute, was ein Flugobjekt von Amazon in dieser Gegend zu suchen hatte. Mir schoss ein Gedanke durch den Kopf, aber der Zeitpunkt, ihn mitzuteilen, schien mir gerade ungünstig. Es wird schon noch andere Gelegenheiten geben.

Wer etwas geahnt haben muss, war Lourdes, die sich kurz zu mir rüberbeugte und mir zuflüsterte:

»Aromen von Erdbeere, Haselnuss und Kakao.« Dann kam sie noch dichter an mein Ohr. »Und natürlich: süße Röstaromen.«

UNSER HELD ERAHNT NEUE
MÖGLICHKEITEN UND DIE
VERGANGENHEIT KOMMT ZU BESUCH

Tagelang konnte ich nicht schreiben. Es sind viele Dinge passiert, die es mir unmöglich gemacht haben, das Tagebuch fortzusetzen. Bis jetzt hatte ich weder die Zeit noch die nötige Konzentration, um davon eine kohärente Erzählung zu geben. Natürlich weiß ich, dass die Idee einer kohärenten Erzählung an sich ein kulturelles Konstrukt ist, eine Illusion, die einer ihrem Wesen nach chaotischen Erfahrung Sinn zu geben und einen episch verbrämten Zusammenhang herzustellen versucht, der bloß die ideologisch motivierte Verfälschung eines arbiträren Ereignisses darstellt, das die Signifikate erschöpft. Was soll man zu der christlich teleologischen Komponente sagen, die noch die banalsten Anekdoten bestimmt, weil sie immer von einem Anfang und einem Ende ausgeht.

Außerdem war mein Moleskine voll, und im Dorfladen gibt es nur doppelt linierte Schreibhefte.

Das haben mir (vom Moleskine jetzt mal abgesehen) meine Professoren während des Studiums eingetrichtert, aber ich glaube nicht, dass sie jemals etwas erlebt haben, das an die atemberaubende Entwicklung heranreicht, die zu der gegenwärtigen – ungewissen, aber vielversprechenden – Situation geführt hat.

Ich weiß jetzt nicht, ob es das Moleskine oder die Moleskine heißt. Muss ich drüber nachdenken. Verschiedene Konnotationen.

Aber »zur Sache«, wie Ortega y Gasset den Argentiniern einst ins Gesangbuch schrieb. Obwohl das Feuer noch am selben Tag unter Kontrolle gebracht werden konnte und die Schäden begrenzt blieben, brauchte es eine Weile, bis La Cañada nach dem Brand im Sägewerk wieder zur Normalität zurückkehrte. An den ersten Tagen war deutlich zu merken, dass im Dorf ein stärkeres Gemeinschaftsgefühl herrschte. Ich will ja nicht angeben, aber ich glaube, ohne mein Zutun wäre das nicht passiert, auch wenn ich damit keine bestimmte Absicht verfolgt hatte. Dennoch spürte ich die Feindseligkeit einiger Leute. Der Bürgermeister, dem das Sägewerk gehörte, war von der Weigerung, mir einen Termin zu gewähren, dazu übergegangen, mir vom anderen Ende der Bar aus böse Blicke zuzuwerfen. Mit zusammengebissenen Zähnen zischte er:

»Den müsste man in die Schlucht des unbekannten Fremden werfen.«

»Den müsste man im Brunnen des unbekannten Fremden ertränken.«

»Den müsste man in der Grube des unbekannten Fremden verscharren.«

Ich kann von Glück sagen, in einem so gastfreundlichen Dorf zu leben. So viele Orte eines Gemeinwesens nach denen zu benennen, die keine Einheimischen sind, zeugt ja von einer ausgesprochenen Willkommenskultur. Mir wurde nur nicht klar, auf wen sich seine deiktische Rhetorik bezog, also ob der Bürgermeister von mir sprach.

»Nein, Mensch, das ist doch bloß eine Redensart«, sagte Lourdes.

»Trotzdem solltest du dich von den drei Orten besser fernhalten, wenn dir dein Leben lieb ist«, sagte Ramiro.

Ich trieb meine Projekte voran: Richtete das Haus und die Terrassen von Valdepinar für unseren kollaborativen und den Prinzipien von Nachhaltigkeit und Umweltschutz verpflichteten Biohof her. Nachmittags kam Mohammed, um mir zu helfen. Yanis tollte herum, war glücklich. Ramiro und Javier lagen mir mit ihrem Jägerlatein in den Ohren. Archaisch, aber herzlich. Abends beim Essen debattierte ich mit Onkel und Tante. Ab und zu schielte mein Onkel zum Fernseher, der seit meiner Ankunft ausgeschaltet blieb. Ich merkte, dass sie an diesem neuen Lebensstil Gefallen fanden, abseits der entfremdenden Werkzeuge des Spätkapitalismus. War das nicht ein bisschen so wie bei Marx: morgens jagen, mittags fischen, abends das Vieh hüten und sich dann der Kritik widmen? Einmal in der Woche veranstaltete ich in der Garage meiner Tante den Workshop Neue Männlichkeit. In der Regel kamen zwei ihrer Freundinnen und eine entfernte Tante von mir, also ein beträchtlicher Teil der weiblichen Einwohnerschaft.

Am Wochenende änderte sich das Leben ein wenig. Leute aus der Stadt kamen dann in ihre Häuser im Dorf. Es gab den einen oder anderen Fremden, ansonsten katalanische Touristen, die ihre Tupper-Dosen mit Tortilla dabeihatten und den halben Vormittag damit zubrachten, am Brunnen auf dem Platz ihre mitgebrachten Wasserflaschen zu füllen. An manchen Wochenenden besuchte ich mit Ramiro und Javier die Dorffeste der Umgebung und machte mich auf die Weise mit den örtlichen Sitten und der hiesigen Musik vertraut. Einmal überfuhren wir auf dem Rückweg bei Morgengrauen einen Frischling. Javier und Ramiro bestanden darauf, ihn mitzunehmen und zu braten. Ich zögerte, aber sie ließen nicht locker. Sie wollten unbedingt, dass ich mit ihnen zu Abend äße. Zwar bin ich schon lange Vegetarier, konnte am Ende aber nicht Nein sagen. Außerdem hatte ich den Wagen gefahren, und im Scherz sagten Ramiro und Javier, ich gehörte jetzt auch zu den Jägern des Dorfes.

Immerhin hätte ich mehr zur Strecke gebracht als der Sohn des Bürgermeisters, der sich bereits sein ganzes Leben im Wald herumtrieb. (Als ich ein paar Tage später die Bar betrat, empfing mich Lourdes mit den Worten:»Schau an, da kommt ja unser Asterix.«)

Ich dachte, ich könne auch einen Beitrag zur nötigen Dynamisierung der Jugend leisten, der im ländlichen Raum nicht das gleiche Unterhaltungsangebot zur Verfügung stand wie Gleichaltrigen in den urbanen Zentren. Deswegen ging ich gegen fünf auf den Bolzplatz neben der Schule, der noch zur Tenne gehörte, und zeigte ihnen alternative Spiele, die sich von den kompetitiven und heteropatriarchalischen unterschieden, an die sie gewöhnt waren. Ich überzeugte sie davon, beim Fußball nicht länger die Tore zu zählen, und später räumten wir mit der Vorstellung auf, es gebe zwei gegnerische Mannschaften. War es pädagogisch doch ungleich wertvoller, wenn alle zusammenarbeiteten, um ein gemeinsames Ziel zu erreichen. Obwohl sich anfangs manch einer sträubte und mehrere durchblicken ließen, sie wollten lieber nach Hause zu ihren Videospielen, glaube ich, dass sie ihren Spaß hatten. Dieser scheinbare Widerstand gehörte zum typischen Humor der Landbevölkerung, und ich merkte ja, wie sie sich freuten, wenn ich zur Tenne kam: »Da kommt der Hippie!«, riefen sie in ihrer sympathischen Aufregung über diese Neuigkeit. Trotzdem wollte ich meine Anwesenheit nicht zu invasiv werden lassen und zog mich nach einer Weile zurück. Interessanterweise traf mich an einem dieser Tage, als ich mich verabschiedete, ein Kieselstein am Kopf. Erstaunlich, welche Kraft der Wind in den Bergen hat.

Es war kurz nach der Begegnung mit dem Kieselstein – das weiß ich, weil ich noch die drei Landeanflugpunkte auf der Stirn trug –, als das mit Lourdes passierte. Die Sache war etwas verworren, und ich will da auch nicht zu viel hineininterpretieren.

Sie hatte mich gebeten, sie zum Ausschank der Mehrzweckhalle zu begleiten, die außerhalb des Dorfes in der Nähe des Wasserspeichers lag. An diesem Wochenende gab es ein Fest, ein kleines Konzert am Samstagabend. Von einem Duo aus der Gegend, das Sal y Pimienta heißt und, wie Lourdes mir erzählte, anfangs aus einem Mann und seiner Frau bestand, jetzt aber aus Vater und Tochter, sodass entweder Sal oder Pimienta ein bisschen an den Piraten Roberts aus *Die Braut des Prinzen* erinnerte.

Wir brachten die Sachen im Lieferwagen hin. Lourdes lud das Fass aus, ich die Plastikbecher. Wir blieben noch und betrachteten den Himmel, die Sonne verbarg sich hinter dem Cabezo, und vor uns lag, fast im Schatten, Valdepinar, nicht weit von der Provinzgrenze entfernt.

Ich wollte etwas sagen, fand aber nicht die passenden Worte. Schließlich brach es aus mir heraus.

Riesengroß hingen unsere Schatten an der Frontón-Wand, und ich dachte, was für ein guter Platz, um da, wo sonst Schlagball gespielt wurde, im Sommer Filme zu zeigen. Ein Zyklus, immer freitagnachts, mit Filmen von Hong Sang-soo, Mia Hansen-Løve und Jonas Mekas. Vielleicht könnte man ein Filmfestival organisieren.

»Wie schön ist der Frühling in der Natur«, sagte ich zu ihr: »Klar, das Ausmaß an Gewalt, von nicht einvernehmlichem Sex, das in diesen Monaten über das Tier- und Pflanzenreich hereinbricht, ist verstörend, aber es ist doch auch ein schönes Spektakel: *Terrible beauty*, würde Yeats sagen. Ach, wie paradox!«

»Du bist mir paradox«, sagte Lourdes und drehte sich einen Joint.

Als sie ihn mir reichte, zeigte ich mich überrascht, dass es im Dorf Drogen gab. Sie lachte. Ich beeilte mich zu sagen, ich sei natürlich für die Legalisierung von Drogen und würde das keineswegs verurteilen.

Ihr schallendes Gelächter hallte fast von den Bergen wider. Dann bot sie mir einen weiteren Zug an.

»Willst du etwas Zaubertrank, Asterix?«

Und ohne übertreiben oder überheblich klingen zu wollen, hatte ich doch den Eindruck, als hätten wir einen Moment von sonderbarer Intensität geteilt.

Ich will – wollte – der Sache keine übermäßige Bedeutung beimessen, es passiert allzu leicht, dass man etwas falsch interpretiert, aber für mich war es ein besonderer Moment. In dieser Nacht lag ich lange wach, dachte an Lourdes und die Themen, über die wir gesprochen haben. Vielleicht hatte ich am Ende ja doch meinen Platz gefunden. Politisches Engagement war nicht unvereinbar mit der Möglichkeit, das Glück zu finden, eine Liebe, der keine ungesunde romantische Vorstellung mehr zugrunde lag, sondern echte Partnerschaft. Mein Lebensmodell implizierte nicht notwendigerweise den Verzicht, wie ich mal gedacht hatte. Ich versuchte, gewisse ungewollte erotische Impulse zu kontrollieren: Diesen Drang zu befriedigen, wäre nicht nur eine Verdinglichung, sondern geradezu ein Akt der Aggression. Um mich abzulenken, versuchte ich, an die Erderwärmung und die Rückkehr des Faschismus zu denken, aber in jener Nacht vermochte mich auch das nicht zu beruhigen.

Am nächsten Morgen stand ich nicht rechtzeitig auf, um im Hof mein Yoga zu machen. Geweckt wurde ich vom Klang einer bekannten Stimme. Im ersten Moment konnte ich es nicht glauben. Ich schaute aus dem Fenster und sah Edu, Javi, Lina und Julia im Auto von Edus Eltern. Ich lief hinaus, um sie zu begrüßen, ein wenig perplex: Es war seltsam, plötzlich meine Freunde aus Lavapiés, meine alten Genossen, wiederzusehen. Sie sagten, sie hätten mir ihre Ankunft per WhatsApp angekündigt. Tatsächlich habe ich in letzter Zeit nicht oft aufs Handy geschaut. Ihr Besuch hat mich überrascht, und ich fand es seltsam, dass sie alle zusammen kamen. Noch vor ein paar Wochen hatte Edu gesagt, er wisse nichts von Lina, und jetzt tauchte er mit ihr auf. Später freute ich mich, dass sie sich gefunden hatten.

Lina hatte keine meiner Nachrichten beantwortet. Tatsächlich war das vielleicht einer der Gründe, warum ich aufgehört hatte, die Nähe der Tenne aufzusuchen, wo es Empfang gab.

Sie erzählten mir, wir seien jetzt alle aus der Partei ausgeschlossen worden. Wir müssten uns auf den neuesten Stand bringen, haben sie gesagt. Anscheinend war unsere Spaltung ein Erfolg, aber dann hatten die Leute, die wir rekrutiert hatten, ein neues Führungsteam gewählt. Edu sagte, das sei allerdings ein echter Staatsstreich gewesen. Also hatten sie beschlossen, zu mir ins Dorf zu ziehen und sich am Biobauernhof zu beteiligen, um das Produktionsmodell im leeren Spanien zu verändern. Javi sagte, trotzdem sei es noch nicht definitiv, sie bräuchten noch etwas mehr Zeit, unter anderem müssten sie Edus Eltern das Auto zurückgeben, die es bräuchten, um damit zur Arbeit zu fahren (darum waren sie am Wochenende gekommen). Lina sagte, ihr habe die Landschaft sehr gefallen, sie sei anders, als sie es sich vorgestellt hatte. Sie zeigte mir einige Fotos, die sie auf Instagram gepostet hatte. Später liefen wir dann zu fünft durchs Dorf.

Einerseits freute es mich, dass sie gekommen waren. Sie waren meine Freunde, meine Freundin (oder Ex-Freundin?), meine alten Genossen, und ich fand es geradezu rührend, dass sie das Dorf kennenlernen und sich sogar an dem Projekt beteiligen wollten. War das nicht von Anfang an der Plan gewesen? Gleichzeitig fühlte ich mich etwas seltsam. Beim Essen, das im Haus meiner Tante stattfand (Vorspeise: Borretsch-Kartoffeln, Hauptspeise: Lammeintopf), sprachen wir über diverse Polemiken auf Twitter. Julia beklagte sich, dass jemand, den sie für einen Freund hielt, in einer Diskussion gegenteilige Positionen gelikt hatte. Javi und Lina sagten, es sei einfach unerträglich, sie würden sich bei Twitter löschen, ein grauenvoller Laden.

Sie waren nervös, weil es keinen Empfang gab. Ich war nicht auf dem Laufenden, was die Diskussionen betraf, und die Nicks der Leute hatte ich vergessen. Mit einem Mal fühlte ich mich irgendwie out.

Es gab Kleinigkeiten, die mich störten, und gleichzeitig störte mich, dass sie mich störten. Nach dem Essen gingen wir in der Bar einen Kaffee trinken. Edu beschwerte sich darüber, dass es keine Sojamilch gab. Javi und Julia erzählten, dass man sie auf der Fahrt in einer Raststätte mit unverhohlener Feindseligkeit behandelt habe: Ob es einem gefalle oder nicht, man merke da den eingefleischten Hass auf die urbane Welt. In der Bar war Lina etwas abweisend Ramiro und Javier gegenüber und offen feindselig, als ich ihr Lourdes vorstellte.

Ich zeigte ihnen das Terrassenfeld von Valdepinar. Julia sagte, es sei große Klasse, dass Mohammed mit mir arbeite. Javi pflichtete ihr bei. Dass ich den Maghrebiner des Dorfes als Arbeiter beschäftige, beweise die inklusive Ausrichtung des Projekts. Sie bemängelten nur, dass Yanis angeleint war, statt frei herumzuspringen. Ich erklärte, es handele sich um eine Anordnung der Gemeinde, und Edu sagte, das sei ein klares Beispiel für speziesistische Unterdrückung. Lina wies darauf hin, dass der Schuppen, in dem ich das Gescherr verwahrte, keinen barrierefreien Zugang für Personen mit abweichendem Mobilitätspotenzial biete. Als ich Gescherr sagte, lachten sie über meinen, wie sie sagten, »unverständlichen Jargon«. Anschließend warfen sie mir vor, dass ich westliche Techniken und Anbaumethoden anwendete. Edu zufolge sollte ich mein Augenmerk mehr auf andere Kulturen richten. Er hatte in der vierten Folge von *Indiana Jones* gesehen, dass die Inkas die Felder an den Flanken der Berge ganz anders angelegt hatten. Warum sei unseres – er sagte »unseres« – so wie die anderen Felder des Dorfes? Warum übernähmen wir eine eurozentrische Anbaumethode? Ich wollte ja nicht unhöflich sein, obwohl ich es möglicherweise war. Aber was wusste er denn schon?

»Ist das dein Freund?«, fragte mich Ramiro. »Der ist ja dümmer als ein Schlagbolzen.«

LÄNDLICHE POLYPHONIE, FEMINISTISCHE JOTAS, DER SCHAFEFLÜSTERER UND EIN DUELL IM MORGENGRAUEN

BLENDE
INT. PRESSEZENTRUM

RAMIRO MILLÁN, EHEMALIGER KUMPEL UBD RUHESTÄNDLER, SCHÜTZENKÖNIG: In dem Moment wurde mir klar, dass er dafür wie geschaffen war. Ein Naturtalent.

INTERVIEWER (IM OFF): Aber hattest du vorher was bemerkt?

RAMIRO: Nein.

INTERVIEWER (IM OFF): Hattest du nicht bedacht, dass ...

RAMIRO: Klar, Herr Oberschlaumeier. Hinterher ist man immer klüger. Als er ankam, hab ich ihn vor allem für einen Spinner gehalten.

SCHNITT, BLENDE:

RAFAEL ORTÍN, LANDWIRT, ONKEL DES HIPSTERS: Ein bisschen eigenartig war er ja schon immer.

PILAR BRUMÓS, HAUSFRAU, TANTE DES HIPSTERS: Er hatte als Kind mal eine Gelbsucht, für mich ist das der Grund.

SCHNITT, BLENDE:

LOURDES PAMPLONA, KNEIPENWIRTIN: Seltsam? Nö. Anders. Mit Charakter.

SCHNITT, BLENDE:

MOHAMMED SAMSAL, SCHAFHIRTE: Das Schlimme war, dass er darauf bestand, dass ich Ramadan mache. Er hatte mich nicht gefragt, er ging fest davon aus. Er war so überzeugt, dass es mir peinlich war, er würde die Wahrheit erfahren. Er ist sehr empfindlich, ich wollte ihn nicht vor den Kopf stoßen. Er hat da manchmal so ins Land geschaut, so traurig. Ich konnte vor ihm nicht essen, und ich starb fast vor Hunger.

SCHNITT, BLENDE:

MOHAMMED: Dass ich Schinken esse, hat ihn erst mal irritiert, aber ich hab ihm gesagt, es gibt einen Hadith, worin steht, das ist erlaubt, wenn der Schinken eine Herkunftsbezeichnung hat.

SCHNITT, BLENDE:

WORKSHOP-GRUPPE NEUE MÄNNLICHKEIT

ROSARIO LAFAJA, HAUSFRAU: Also ich fand den Workshop wirklich sehr interessant.

ADORACIÓN TENA, HAUSFRAU: Und wie er geredet hat!

ROSARIO: Besser als der Pfarrer.

ASCENCIÓN TENA, HAUSFRAU: Etwas anstrengend war das mit dem ständigen »Männlein« und »Weiblein«; hat halt irgendwann genervt.

ROSARIO: Und? Der Pfarrer etwa nicht?

SCHNITT, BLENDE:

LEONARDO GASCÓN, LANDWIRT IM RUHESTAND, CHEFREDAK-
TEUR VON EL PEIRÓN, DER ZEITUNG VON LA CAÑADA: Es geschah eben in jener Nacht. Seine Freunde, die ihn besuchten, waren da. Sie wollten sich integrieren, sicher in der besten Absicht,
aber meine Güte! Dieser Schwallkopf von Edu, der am Ausschank
des Frontón fragte, ob es Craft-Bier gibt, und dass es gut wäre,
wenn man für das Konzert von Sal y Pimienta welches besorgen
würde. Dieses junge Gemüse, das Löcher in den Boden von Plastikbechern beißt und daraus trinkt wie aus einem Porrón, und
dann dieser Vollidiot mit seinem Gesabbel über Craft-Bier und
Gin Tonic mit Gurkenscheibe. Sicher kein schlechter Mensch,
aber es juckt einem in den Fingern, ihm eins ins Genick zu verpas-
sen wie einer Katze.

SCHNITT, BLENDE:

PILAR BRUMÓS, HAUSFRAU, TANTE DES HIPSTERS: Diese beiden,
Lina und Julia, fand ich ein bisschen fade. Außerdem hat Lourdes
ja schon äußerlich mehr zu bieten.

RAFAEL ORTÍN, LANDWIRT, ONKEL DES HIPSTERS: Wo soll das
alles enden.

SCHNITT, BLENDE:

LEONARDO GASCÓN, LANDWIRT IM RUHESTAND UND DORF-
CHRONIST: Bekanntlich hatten seine Freunde zu viel gebechert,
dabei gab es weder Craft-Bier noch Gurkenscheiben für die Gin
Tonics in besagten Plastikbechern. Als die Nacht schon fast rum
war, hatten sie die Idee mit der Tierbefreiungsaktion. Und es fiel
ihnen tatsächlich nichts Dümmeres ein, als die Schafe von Onkel
Teófilo dem Tobsüchtigen freizulassen, weil sie die am Nachmittag gesehen hatten, als sie durchs Dorf gezogen waren.

41

Ihr Kollege war gerade etwas abgelenkt, er plauderte am Tresen mit Lourdes, bis er plötzlich merkte, dass seine Freunde weg waren. Schnell kam er auf den Trichter, was sie vorhaben könnten, man sieht, wie gut er sie kannte.

SCHNITT, BLENDE:

LOURDES PAMPLONA, KNEIPENWIRTIN: Wir unterhielten uns in aller Ruhe, und auf einmal sah ich in der Ferne ein Licht.

SCHNITT, BLENDE:

LEONARDO GASCÓN, LANDWIRT IM RUHESTAND UND DORF-CHRONIST: Wenn sie die Schweine von Ovidio rausgelassen hätten oder die Nerze von Marcial ... also, es hätte viel schlimmer kommen können.

INTERVIEWER (IM OFF): Die Nerze von Marcial?

LEONARDO: Ja, der wo der Vater Lateinlehrer war, in Alcañiz.

INTERVIEWER (IM OFF): Weiter, erzählen Sie weiter.

LEONARDO: Also, wenn sie andere Tiere befreit hätten, da hätten sie richtig was zu suchen gehabt. Weil, die Schafe sind zwar raus auf die Weide, aber eben nicht auf und davon. Jedenfalls, unser Held kam mit Vollgas angerannt, seine Freunde waren schon nicht mehr da, und überall auf der Tenne liefen die Schafe herum. Und dann siehst du den Kerl, wie er ein Schaf einfängt und ernsthaft versucht, es zur Rückkehr in seinen Pferch zu überreden. Ungelogen, mit dem Hund, der sich winselnd hinter ihm versteckt, während er den Schafen irgendwelches Zeug ins Ohr flüstert.

INTERVIEWER (IM OFF): Der Hund? Yanis?

LEONARDO: Ja, er dachte wohl, der würde ihm helfen. Aber nein, klar. Der Hund war nicht an Schafe gewöhnt und hatte Angst vor ihnen. Er machte mehr Stress als die Schafe.

Mindestens eine Stunde rackerte er sich ab, die Schafe zurück in den Pferch zu treiben, und wenn er eins endlich drin hatte, lief ein anderes wieder raus. Schlussendlich wurde es schon fast hell, und das halbe Dorf stand vor der Tränke, dort auf der Tenne, und schaute zu.

SCHNITT, BLENDE:

RAMIRO MILLÁN, EHEMALIGER KUMPEL, RUHESTÄNDLER, SCHÜTZENKÖNIG UND WAHLKAMPFLEITER: Das musst du dir reinziehen. Er löffelt die Suppe aus, die ihm seine Freunde eingebrockt haben und die ihm echt schlecht bekommen ist. Ungefähr so wie in diesem Film da, der mit den Griechen und den Schiffen.

INTERVIEWER (IM OFF): Jetzt steh ich auf dem Schlauch.

JAVIER MILLÁN, EHEMALIGER KUMPEL UND SCHÜTZENKÖNIG: Der, da wo Brad Pitt voll schwul rüberkommt.

INTERVIEWER (IM OFF): *Troja?*

RAMIRO: Wo der kleine Bruder dem einen die Frau ausspannt und dann in die Stadt geht, wo ihn der große Bruder beschützen soll, aber klar, der betrogene Ehemann kommt mit einem Haufen Soldaten angerannt, und die Kacke ist am Dampfen, und es gibt Mord und Totschlag.

INTERVIEWER (IM OFF): Ja, also *Troja.*

RAMIRO: Meine Lieblingsstelle ist die, wo man dem älteren Bruder sein Gesicht sieht und der arme Kerl sagt: »Ich muss das jetzt tun, weil er mein Bruder ist, eine Knalltüte, aber mein Bruder.«

JAVIER: Jetzt hör aber auf.

RAMIRO: Dass du immer alles persönlich nehmen musst.

JAVIER: Gar nicht wahr.

RAMIRO: Außerdem bist du der Ältere.

SCHNITT, BLENDE:

WORKSHOP-GRUPPE NEUE MÄNNLICHKEIT

ADORACIÓN TENA, HAUSFRAU: Da wurde halt nachgedacht, ganz unaufgeregt, über das Heteropatriarchat und solche Sachen. Hast schon recht, wär besser gewesen, wenn sich ein paar Männer hätten blicken lassen, letztlich ging's ja mehr um die.

ASCENSIÓN TENA, HAUSFRAU: Die und kommen. Jeden Tag in die Bar und dann gib ihm. Ich hab die so was von satt.

ADORACIÓN: Mann, ausgerechnet deiner ... wo der schon tot ist.

ASCENSIÓN: Mag sein, aber der hatte ja immer für alles eine Ausrede.

ROSARIO LAFAJA, HAUSFRAU: Manchmal sagte er so Sachen wie dass wir uns stärker auf die örtliche Kultur einlassen sollen. Auf die Feste, die dörflichen Angelegenheiten und so weiter. Und man muss die Jotas ... wie hieß das noch?

ADORACIÓN: Umdeuten.

ASCENSIÓN: Im feministischen Sinne.

ROSARIO: Ganz genau. Und wie wir sie umgedeutet haben!

ASCENSIÓN: Ein bisschen verschaukelt habt ihr ihn schon, oder?

ADORACIÓN: Mit der Jota von der Töle.

ROSARIO:

Mach's mir nicht hier auf dem Boden,
wie der allerletzten Töle,
mit dem Dreck an deinen Hoden
sudelst du mir voll die Höhle.

Na, der hat vielleicht ein Gesicht gemacht!

ASCENSIÓN: Und du zu ihm:»Sag nicht, dass dich so viel Emanzipation nicht aufbaut«.

SCHNITT, BLENDE:

MOHAMMED SAMSAL, SCHAFHIRTE: Darum habe ich das Rennen
gewonnen. Er bestand darauf, dass ich viel laufe, weil ich aus dem
Atlas bin und El Guerrouj und was noch alles und dass das Teil
meiner Identität ist. Viel bin ich ja nicht gelaufen, aber weil ich in
seiner Gegenwart nichts trinken konnte, war ich der Einzige, der
nicht sturzbesoffen war, als dann alle losrannten. Der Ärmste
wusste nicht, dass der Preis in einem Ferkel bestand, darum war
er später stinksauer. Wo ich das doch nicht essen darf, wie schade,
wie ungerecht, ob man das Ferkel nicht durch Fenchel aus biolo-
gischem Anbau ersetzen könnte ...

SCHNITT, BLENDE:

JAVIER MILLÁN, EHEMALIGER KUMPEL UND SCHÜTZENKÖNIG:
Trinken tut er schon.

SCHNITT, BLENDE:

PILAR BRUMÓS, HAUSFRAU, TANTE DES HIPSTERS: Der Junge
kam also mit Ramiro an, um es uns zu sagen ...

RAFAEL ORTÍN, LANDWIRT, ONKEL DES HIPSTERS: Die Idee
stammte von Ramiro.

PILAR: Total förmlich die beiden, als wollte einer um die Hand des
anderen anhalten.

RAFAEL: Die fing ja gleich zu rechnen an. Die Ratóns waren zu dritt,
dann die Tocineros ... wenn die für die Linken, jene für die Rechten ... wenn die Frau von Onkel Ruta immer eher eine Linke war ...
und wenn der Onkel von Paca noch im Straßengraben lag, nicht
weit vom Taubenschlag ... Kurzum, sie rechnete alles genau
durch.

PILAR: Zwischen siebzig und achtzig, das sagte ich zu ihm. Fünf-
undsiebzig, an einem schönen Tag achtzig.

RAFAEL: An dem Tag schien eine Sonne ...

PILAR: Am frühen Morgen hängte ich die Wäsche auf, und schon vorm Mittagessen war sie trocken.

RAFAEL: Und wissen Sie, was am Ende rauskam?

INTERVIEWER (IM OFF): Ich habe es mir hier notiert.

RAFAEL: Siebenundsiebzig.

PILAR: Siebenundsiebzig.

RAFAEL: Da schafft nicht mal der Chefprognostiker Llaneras.

SCHNITT, BLENDE:

LEONARDO GASCÓN, LANDWIRT IM RUHESTAND UND DORF-CHRONIST: Da stand er nun, und das halbe Dorf glotzte, und Santiago, der Junge vom Bürgermeister, und Javier, also Javier Águeda, und drei oder vier andere von der Bande, die schon immer die gröbsten des ganzen Dorfes waren, gingen auf ihn los. Ich glaube, ehrlich gesagt, wir haben es alle kommen sehen. Denn es vergeht kaum ein Jahr, wo nicht einer da drin landet, normalerweise ein Fremder ...

INTERVIEWER (IM OFF): In der Viehtränke?

LEONARDO: Ja. Bacio sagen wir dazu. Es waren keine richtigen Feste, wenn nicht am Ende einer im Bacio landete; normalerweise finden die ja im Sommer statt, aber heutzutage beschleunigt sich alles, und es kann sein, dass wir jetzt zwei pro Jahr organisieren; ich habe letztens gelesen, die Globalisierung ist eine Verdichtung von Raum und Zeit.

SCHNITT, BLENDE:

RAMIRO MILLÁN, EHEMALIGER KUMPEL, SCHÜTZENKÖNIG UND WAHLKAMPFLEITER: Dass er mit dem Bürgermeister von Anfang an Probleme hatte, war doch klar, Mann. Schon vorher. Er ist ja täglich bei ihm aufgekreuzt und hat ihn mit Projekten bombardiert, während der ihn einfach nur hinhielt. Er hat in ihm einen Rivalen gesehen. Sag, was du willst, aber er war der Erste, der das kapiert hat.

JAVIER MILLÁN, EHEMALIGER KUMPEL UND SCHÜTZENKÖNIG: Erst recht nach dem Brand im Sägewerk, von da an hatte er ihn auf dem Kieker.

RAMIRO: Es gibt Leute, die regen sich auf, wegen nichts und wieder nichts.

JAVIER: Und sein Sohn erst.

SCHNITT, BLENDE:

MANUELA PUYÓ, LEHRERIN: Ich sah mich ehrlich gesagt schon in der Tränke liegen. Eine barbarische und brutale Sache, was soll ich sagen. Ich war so empört, ich hab alles mit dem Handy gefilmt.

SCHNITT, BLENDE:

LEONARDO GASCÓN, LANDWIRT IM RUHESTAND UND DORF-CHRONIST: Und wo dann alle auf ihn zugehen, zieht er sich die Jacke aus, tritt vor und sagt: »Wetten, du hast nicht die Eier?«

SCHNITT, BLENDE:

MANUELA PUYÓ, LEHRERIN: Und macht eine Faust ... Und öffnet sie wieder.

SCHNITT, BLENDE:

RICARDO JULVE, KLEINER JUNGE (SOLLTE UM DIESE ZEIT IM BETT SEIN): Er hält drei Finger hoch.

SCHNITT, BLENDE:

LOURDES PAMPLONA, KNEIPENWIRTIN: ... Und sagt: Sechs!

SCHNITT, BLENDE:

LEONARDO GASCÓN, LANDWIRT IM RUHESTAND UND DORF-
CHRONIST: Er hat ihn zu einer Partie Morra herausgefordert.

INTERVIEWER (IM OFF): Morra?

LEONARDO: Ein Spiel, wo es darum geht, die Gesamtzahl der Finger zu erraten, die zwei Spieler zeigen. In dieser Gegend sehr verbreitet. Na los, Mann, wenn das einer zu dir sagt, kannst du keinen Rückzieher machen. Sonst heißt es, du hast Schiss.

INTERVIEWER (IM OFF): An, regionale Bräuche. Pittoresker Dorf-
zinnober, oder was? Interessiert am Ende noch die *New York
Times*.

LEONARDO: Na hör mal. Das wurde bereits im alten Ägypten gespielt. Schon mal was von Kleopatra gehört?

INTERVIEWER (IM OFF): Schreib ich mir auf.

LEONARDO: Regionale Bräuche. Hat deine Sendung einen Eintrag
in der englischen Wikipedia? Das Spiel nämlich schon.

ENDE GUT, ALLES GUT

BLENDE

INT. PRESSEZENTRUM

DER HIPSTER: In der Fernsehserie *Un país en la mochila* von José Antonio Labordeta gab es mal eine Folge über den Maestrazgo, wo das Morra-Spiel vorkam. Eine Zeit lang war das voll unser Ding. Wir verabredeten uns in der Wohnung von Freunden, eigentlich von meiner damaligen Freundin, die in einer WG in Anton Martín wohnte. Wir schauten uns irgendwas von Chris Marker oder *Diary* von David Perlov an, und dann zogen wir uns diese Folge rein. Immer das gleiche Ritual. Das muss vier oder fünf Monate so gegangen sein. Dann hat sie Schluss gemacht, und wir sahen uns nicht mehr.

SCHNITT, BLENDE:

RAMIRO MILLÁN, EHEMALIGER KUMPEL, SCHÜTZENKÖNIG, WAHLKAMPFLEITER: Es war die Rede.

JAVIER MILLÁN, EHEMALIGER KUMPEL, SCHÜTZENKÖNIG: Also, das, was er gesagt hat.

RAMIRO: Da ging mir ein Licht auf.

JAVIER: Wir blieben alle da ...

RAMIRO: Halleluja.

SCHNITT, BLENDE:

LEONARDO GASCÓN, LANDWIRT IM RUHESTAND UND DORF-
CHRONIST: Moment, er hat die Partie gewonnen, was nicht hieß,
dass er nicht doch noch im Bacio landen konnte.

INTERVIEWER (IM OFF): Im Bacio?

LEONARDO: Na ja. In der Viehtränke. Im Trog.

INTERVIEWER (IM OFF): Im Trog.

LEONARDO: Hatte ich Ihnen das nicht schon gesagt?

KAMERAMANN (IM OFF): Doch, doch.

LEONARDO: Dann haben wir das ja endlich geklärt.

SCHNITT, BLENDE:

MANUELA PUYÓ, LEHRERIN: Das ist alles auf dem Video, das ich
später auf YouTube hochgeladen habe, es wurde bereits ich weiß
nicht wie viel tausendmal angeschaut.

SCHNITT, BLENDE:

LEONARDO GASCÓN, LANDWIRT IM RUHESTAND UND DORF-
CHRONIST: Das wusste Lourdes ganz genau, dass in den letzten
vier oder fünf Jahren sicher ein halbes Dutzend Fremde im Bacio
gelandet waren. Darum hatte sie sich den Traktor geschnappt,
der bei Onkel Juan im Stall stand, und kam mitten auf die Tenne
gefahren ...

INTERVIEWER (IM OFF): Sie hat den Überraschungseffekt genutzt.

LEONARDO: Hast du schon mal einen Traktor gesehen?

INTERVIEWER (IM OFF): Ja.

LEONARDO: Na dann: So langsam, wie der fährt, und bei dem Lärm,
den er veranstaltet, bleibt für Überraschung wenig Raum. Aber

sie ging also dazwischen und sagte zu unserem Helden, er soll auf den Anhänger steigen, und dann fuhren sie davon, den Anstieg hoch und zur Hauptstraße, Tatsache ist, dass Lourdes sich halb totlachte, genauso wie das halbe Dorf.

SCHNITT, BLENDE:
DER HIPSTER: Es macht schon Sinn, dass es ist, wie es ist. Du kannst nicht irgendwohin kommen und verlangen, dass alles bitte schön so zu laufen hat, wie du es dir vorstellst oder wie es sich ein Philosoph 1977 in Paris vorgestellt hat. Auch der Philosoph ist das Produkt eines bestimmten Umfelds, eines Geflechts von interagierenden Einflüssen, die ein bestimmtes Gesamtbild ergeben ... Ich sage ja nicht, dass man die diskursive Auseinandersetzung nicht führen darf oder dass sie ohne Bedeutung ist, aber die Dinge haben ihren Kontext, und nicht alles läuft immer nach Plan, zur Hegemonie gelangt man nicht nach dem Motto »ich sag euch jetzt mal, wo's langgeht«. Du kannst da nicht plötzlich mit einer rationalistischen Ideologie auftrumpfen, ohne die besonderen Umstände zu berücksichtigen.

SCHNITT, BLENDE:
DER HIPSTER: Weil es wenig rational wäre, das zu tun! Der politische Wille hat Grenzen.

SCHNITT, BLENDE:
DER HIPSTER: Nein, überhaupt nicht, das heißt nicht, sich dem Fortschritt zu widersetzen.

SCHNITT, BLENDE:
DER HIPSTER: Definier mal Fortschritt.

SCHNITT, BLENDE:

MANUELA PUYÓ, LEHRERIN: Genau, sobald du die Tenne verlässt, geht es den Anstieg hoch, und schon bist oben auf der Hauptstraße ...

SCHNITT, BLENDE:

LEONARDO GASCÓN, LANDWIRT IM RUHESTAND UND DORF-CHRONIST: Das Gelächter war es, worüber sie sich ärgerten, klar, deswegen fuhren sie ihnen hinterher.

Jedenfalls hattest du auf der Hauptstraße den Traktor mit Lourdes und dem Typen drin, und dahinter die anderen alle im Auto.

Der Traktor war nicht sehr schnell, aber da er die ganze Straßenbreite einnahm, war es unmöglich, ihn zu überholen.

SCHNITT, BLENDE:

WORKSHOP-GRUPPE NEUE MÄNNLICHKEIT

ADORACIÓN TENA, HAUSFRAU: Das halbe Dorf, es war ja schon fast Tag, lief hinterher, denn so was hatte es nicht mehr gegeben, seit Rosario ihren Paco mit der Bäckerin im Bett erwischt und die Backstube abgefackelt hatte.

ASCENSIÓN TENA, HAUSFRAU: Darum wird das Brot jetzt immer aus Molinos gebracht.

ROSARIO LAFAJA, HAUSFRAU: Und das ist richtig gut.

ASCENSIÓN: Da haben wir mal gewonnen.

SCHNITT, BLENDE:

DER HIPSTER: Ich fühlte mich sofort aufgenommen. Mehr noch. Ich war einfach einer von ihnen. Manchmal heißt es, die Leute auf dem Dorf seien verschlossen und für Veränderungen nicht zu haben. Ach was. Ich war einer von ihnen.

SCHNITT, BLENDE:

RAFAEL ORTÍN, LANDWIRT, ONKEL DES HIPSTERS: Er sagt zu mir: Hör mal, könnten wir nicht auch einen Biogarten haben wie die aus Lavapiés?

INTERVIEWER (IM OFF): Und, hast du auf ihn gehört?

PILAR, HAUSFRAU, TANTE DES HIPSTERS: Natürlich hat er auf ihn gehört. Wieso sollte er nicht auf den Jungen hören.

RAFAEL UND PILAR: (Lachen, Unverständliches.)

SCHNITT, BLENDE:

JOSEFINA USÓN, VERWALTUNGSANGESTELLTE: Nach drei oder vier Tagen im Dorf erschien er mit einem Papier bei mir im Rathaus. Er hätte da ein paar Änderungsvorschläge für die Lautsprecherdurchsagen. »Auf Anordnung des Bürgermeisters wird allen Bewohnerinnen und Bewohnern bekannt gegeben, dass die fahrenden Händlerinnen und Händler da sind«, beispielsweise. Deutlich anders als »Auf Anordnung des Bürgermeisters wird bekannt gegeben, dass der Zigeuner da ist«. Die Durchsagen kosten mich jetzt deutlich mehr Zeit, aber man gewöhnt sich an alles.

SCHNITT, BLENDE:

PACA VALLESPÍN, VERKÄUFERIN: Er verlangte Soja-Hamburger, ich hab ihm die normalen für dreißig Cent mehr gegeben, und in der Woche drauf kam er zurück und wollte mehr davon.

SCHNITT, BLENDE:

PACA: Jetzt verkaufen wir jede Menge von diesen Hamburgern, anscheinend mögen sie die lieber.

SCHNITT, BLENDE:

JOSEFINA USÓN, VERWALTUNGSANGESTELLTE: Er kümmert sich um das Dorf, so viel ist klar.

SCHNITT, BLENDE:

MARI CARMEN GASPAR, BÜROANGESTELLTE IM SÄGEWERK: Ich fand immer, er ist ein netter Bursche, ich weiß nicht, warum du so einen Brass auf ihn hast.

MÁXIMO MESEGUER, SÄGEWERKSBESITZER, FRÜHERER BÜRGERMEISTER: Eine Flachpfeife.

MARI CARMEN: Aber hat dir seine Rede nicht gefallen?

MÁXIMO: Viele Worte, und wenn's drauf ankommt nix dahinter.

MARI CARMEN: Also, Junge, was soll ich sagen, mir hat sie gefallen. Und der Workshop, wo ich mal hingegangen bin, auch.

MÁXIMO: Ein Schwachkopf.

MARI CARMEN: Ich habe für ihn gestimmt.

SCHNITT, BLENDE:

DER HIPSTER: Moment, natürlich muss der Bürger ein Gegengewicht bilden, aber manchmal sollte man besser das Vertraute dem Unbekannten vorziehen, das Altbewährte dem Ungewohnten, die Tatsache dem Rätsel, das Wirkliche dem Möglichen, das Begrenzte dem Unendlichen, das Nahe dem Fernen, das Ausreichende dem Überfluss, das Zweckmäßige dem Perfekten, die Freude des Augenblicks der Glücksutopie ...

SCHNITT, BLENDE:

LEONARDO GASCÓN, LANDWIRT IM RUHESTAND UND DORFCHRONIST: Das Schild kann man vom Fluss aus sehen. Der ist natürlich ausgetrocknet. Da steht »Atomfriedhof, nein danke«

drauf. So einen wollten sie vor Jahren hier anlegen, in den Neunzigern. Es hieß, das würde Leben ins Dorf bringen.

SCHNITT, BLENDE:
RAMIRO MILLÁN, EHEMALIGER KUMPEL, SCHÜTZENKÖNIG, WAHLKAMPFLEITER: Natürlich war das keine Absicht, Mensch. Die Deppen hatten den Bus mitten im Weg stehen lassen, und Lourdes und er kamen die abschüssige Straße herunter, Richtung Fluss ...
JAVIER MILLÁN, EHEMALIGER KUMPEL, SCHÜTZENKÖNIG: Der natürlich ausgetrocknet ist.

SCHNITT, BLENDE:
LEONARDO GASCÓN, LANDWIRT IM RUHESTAND UND DORF-CHRONIST: Die einen sagen, sie haben Spraydosen rausgeholt, um das Schild an der Grenze zur Provinz Teruel mit »Katalanisches Hoheitsgebiet« zu beschriften. Die anderen sagen, ihnen ist wegen des schlechten Straßenzustands, an den sie nicht gewöhnt waren, übel geworden und sie haben sich eine Weile am Straßenrand erholt. Tatsache ist, dass der Bus mitten auf der Straße stand, als die beiden mit dem Traktor angerauscht kamen.

JAVIER MILLÁN, EHEMALIGER KUMPEL, SCHÜTZENKÖNIG: Das hat ordentlich gerumst.
RAMIRO MILLÁN, EHEMALIGER KUMPEL, SCHÜTZENKÖNIG, WAHLKAMPFLEITER: Die Straße ist halt schmal.
JAVIER : Gut, dass Lourdes und er rechtzeitig abgesprungen sind.

SCHNITT, BLENDE:

WORKSHOP-GRUPPE NEUE MÄNNLICHKEIT

ADORACIÓN TENA, HAUSFRAU: Dabei ist der Kofferraum vom Bus sperrangelweit aufgegangen.

ROSARIO LAFAJA, HAUSFRAU: Wohl eher von unten nach oben.

ASCENSIÓN TENA, HAUSFRAU: Was weißt du denn schon?

ADORACIÓN: Tatsache ist, dass er aufging.

SCHNITT, BLENDE:

LEONARDO GASCÓN, LANDWIRT IM RUHESTAND UND DORF-CHRONIST: Der Kofferraum ging auf, und zwei, drei Koffer fielen heraus, außerdem ein rechteckiger, in eine Art Tuch eingeschlagener Gegenstand. Und unser Held ging hin und hob ihn auf, um zu helfen, und Lourdes erkannte sofort, was es war.

SCHNITT, BLENDE:

PILAR BRUMÓS, HAUSFRAU, TANTE DES HIPSTERS: Das Bild der Schutzheiligen.

SCHNITT, BLENDE:

LEONARDO GASCÓN, LANDWIRT IM RUHESTAND UND DORF-CHRONIST: Das Gemälde, das Feliciano Lerín achtzehnhundertirgendwas zu Ehren der heiligen Ana angefertigt hat, das haben sie aus der Ermita geraubt.

INTERVIEWER (IM OFF): Sie haben behauptet, es soll restauriert werden, weil es beschädigt war.

LEONARDO GASCÓN, LANDWIRT IM RUHESTAND UND DORF-CHRONIST: Pustekuchen. Dabei stand das Dorf doch schon mit Cecilia in Verbindung, die das Ecce-Homo-Fresko in Borja so schön restauriert hat.

SCHNITT, BLENDE:

WORKSHOP-GRUPPE NEUE MÄNNLICHKEIT

ADORACIÓN TENA, HAUSFRAU: Großen künstlerischen Wert besaß es ja nun nicht gerade ...

ASCENSIÓN TENA, HAUSFRAU: Ein bisschen stümperhaft war es schon.

ROSARIO LAFAJA, HAUSFRAU: Aber so romantisch ...

ASCENSIÓN: So sehr nun auch wieder nicht.

ADORACIÓN: Aber es gehörte uns.

SCHNITT, BLENDE:

INTERVIEWER (IM OFF): Und was ist dann passiert?

PILAR BRUMÓS, HAUSFRAU, TANTE DES HIPSTERS: Lourdes hat das Gemälde erkannt und sich schützend davorgestellt, zwischen das Bild und die Leute. Zu dem Jungen hat sie gesagt, er soll es auf den Anhänger laden.

SCHNITT, BLENDE:

LEONARDO GASCÓN, LANDWIRT IM RUHESTAND UND DORFCHRONIST: Mensch, eine Frau aus Aragón gegen zwanzig Katalanen, Lourdes war also ganz klar in der Überzahl. Das wussten wir alle. Einer murmelte was von Dialog und dass man sich das Eigentum doch teilen könnte: Das Gemälde im Museum von Lérida aufbewahren, und in der Ermita ein Lichtbild aufstellen. Während sie herumstritten, näherte sich einer von hinten, woraufhin Lourdes einen Schritt vortrat. Sofort stürzten fünf verwundet zu Boden. Einer fiel auf die Knie und begann zu wimmern: »Und wenn wir die Sache vor Gericht klären?«

SCHNITT, BLENDE:

PILAR BRUMÓS, HAUSFRAU, TANTE DES HIPSTERS: Das war der Moment, wo der Junge seine Rede hielt.

SCHNITT, BLENDE:

RAMIRO MILLÁN, EHEMALIGER KUMPEL, SCHÜTZENKÖNIG, WAHLKAMPFLEITER: Ja, es war eine sehr kurze Rede. Na und? Weißt du, wie viele Worte die Rede von Gettysburg hatte?

INTERVIEWER (IM OFF): Nein.

RAMIRO: 271.

JAVIER MILLÁN, EHEMALIGER KUMPEL, SCHÜTZENKÖNIG: Und die Hälfte überflüssig.

RAMIRO: In der Kürze liegt die Würze.

SCHNITT, BLENDE:

LEONARDO GASCÓN, LANDWIRT IM RUHESTAND UND DORF-CHRONIST: Natürlich war das eine Meldung. Sogar der *Heraldo* hat sie gebracht. Das war das erste Mal seit dem fünfzehnten Jahrhundert, dass Aragón etwas von seinem kulturellen Erbe zurückerstattet bekam.

SCHNITT, BLENDE:

PILAR BRUMÓS, HAUSFRAU, TANTE DES HIPSTERS: Mensch, das war vielleicht eine Rede ...

RAFAEL ORTÍN, LANDWIRT, ONKEL DES HIPSTERS: Ein Politologe in La Sexta hat gesagt, das ist ortogonal gewesen.

PILAR: Und das ist noch bescheiden ausgedrückt!

RAFAEL: Ich hab sie auf meinem Handy, zusammen mit dem Tor von Nayim im Pokalfinale, und wenn ich meinen Moralischen habe, hör ich sie mir an.

PILAR: Ich, also wenn das anfängt ... »Teruel existiert, Dummkopf«,
   da kriege ich jedes Mal eine Gänsehaut.
RAFAEL: Hat das Mädchen für mich aufgenommen, das in Saragos-
   sa studiert.
PILAR: Wirtschaftsingenieurwesen.
RAFAEL: Schau an, schau an.

BILDER VON DER REDE

EPISCHE MUSIK

ABSPANN

DANKSAGUNGEN

SCHNITT, BLENDE:

INTERVIEWER (IM OFF): Entschuldigung, kannst du das noch mal
   buchstabieren?
DER HIPSTER: O-a-k-e-s-h-o-t-t.

WAHLKAMPF IN LA CAÑADA

Pilar, die Tante des Hipsters, hinterlässt auf dem Anrufbeantworter ihrer Schwester eine Nachricht.

Hallo, wie geht's? Gut? Freut mich. Und die Kinder? Wunderbar. Ist der Boiler schon wieder kaputt? So ein Pech auch. Ist Antonio aber letztlich selber schuld, weil er diesem Typen vertraut, der schon immer ein minimalbegabter Maulheld war. Na gut.

Jedenfalls habe ich alles stehen und liegen lassen, um dich anzurufen, weil ich dir erzählen wollte, dass es was zu feiern gibt, mit dem Jungen, ist das nicht irre? Wer hätte das gedacht nach all dem Geschwätz; ich will nicht behaupten, dass ich's gewusst hätte, obwohl, frag mal Rafael, das Abstimmungsergebnis hab ich genau getroffen, wie jedes Jahr, aber wenn ich ehrlich bin, wundert mich das nicht, es ist, wie es ist, und dass der Junge was draufhat, hab ich schon immer gewusst.

Er erinnert mich an Großvater. Das würde keiner der beiden denken, das ist klar, bestimmt erinnert sich der Junge nicht mal an ihn, und was für einen miesen Charakter der im Alter hatte, immer in diesem Morgenmantel den Flur auf und ab, und wenn er dich angeschrien hat, ging dir aber der Arsch auf Grundeis. Gleich fängst du dir einen Satz Backpfeifen, an die du noch in hundert Jahren denken wirst, an die Backpfeifen erinnere ich mich nicht, aber den Spruch hat keines von uns Enkelkindern je vergessen.

Aber du kannst von seiner Laune, seinem auf Krawall gebürsteten Temperament und allem sagen, was du willst, letztlich war er ein ganzer Mann, so viel steht fest, hat immer darauf geachtet, dass alle zufrieden waren, und das kann ich dir sagen, am Ende hat er versucht, sich mit den Leuten zu vertragen, das muss man zugeben. Deswegen, der Junge erinnert mich an Großvater, wenn er mit verschränkten Armen und gerunzelter Stirn dasteht, so als könnte er nicht bis drei zählen. Mittlerweile kenne ich das, so guckt er immer, wenn er sich was in den Kopf gesetzt hat. Und da hast du's: Bürgermeister, Wahlsieger, der erste linke Amtsvorsteher im Dorf seit den Zeiten der Republik, wie es heißt (gut, einen Sozialisten gab es mal, aber Rafael sagt, der war ein größerer Fascho als Franco).

Er läuft auch nicht mehr mit dieser Leichenbittermiene rum wie damals, als er hier ankam. Weißt du noch? Klar, wie solltest du es vergessen haben; du wirst dir deinen Sohn genau angeschaut haben. Wie er ausgesehen hat in jener Nacht!, total abgerissen, magerer als ein mutterloses Kätzchen, mit seinem unförmigen Rucksack, und wie er den Fliegenvorhang beiseiteschob, total schüchtern grüßte, aber lieb, du kennst ihn ja, und plötzlich sagte: schau mal, eine Fledermaus, als hätte ihm die Jungfrau Maria von ihrer Wolke ein Glas Wein heruntergereicht. Unmittelbar nach ihm kam Rafael heim, und als der die Fledermaus sah, warf er eine Alpargata nach ihr und zerquetschte sie an der Wand, den Blutfleck wegzukriegen, hat mich fast den ganzen Nachmittag gekostet. Und Enriques zu Tode erschrockenes Engelsgesicht! Mach kein Drama, dir werden sie auch bald zum Hals raushängen, sagte Rafael zu ihm, du weißt ja, wie grob er ist. Der Junge wirkte verstört und sagte, er ist noch mitgenommen von der Reise, aber für mich war klar, es ging um was anderes, wochenlang seufzte er rum wegen dieser verlogenen Kleinen aus Madrid, und ich musste an Onkel Marcelino Bronchiosaurus denken, der überall mit seiner Sauerstoffflasche herumächzte und dem sie dann noch einen Katheter legten, wobei man mir damals sagte, der Mann würde sich mit seiner Wichserei ständig den Schlauch verstopfen, aber was ich eigentlich sagen wollte: Der Junge sieht jetzt ganz glücklich aus, läuft über die Felder mit diesem Hund, wie ich keinen dümmeren je gesehen habe, aber es ist eine Freude, die beiden abends zusammen zu sehen, und am Ende wächst dir sogar diese Töle ans Herz, dieser Yanis oder Janis oder wie er heißt.

Im Dorf hielten ihn ja viele anfangs für einen Spinner oder einen ausgemachten Hornochsen, zum Beispiel als er den Kopf in die Tonkrüge bei Tante Rosario steckte und ein paar Liedzeilen von einer dieser Heulsusen trällerte, die er so mag, um dann zu sagen: »Toller Sound.« Oder als er anfing, über unseren Hahn zu reden und über weiß der Geier welche toxischen Männlichkeiten, noch dazu in der Bar, wo ihn alle anstarrten. Oder als er zu der Ärztin sagte, Manuka-Honig wäre das Beste für den Hals und besonders gut für die Bergleute, und dein Vetter Ovodio ihn daraufhin zu seinen Bienenkörben mitnahm, damit er sich welchen holen konnte, ein bisschen böse Absicht war da sicher im Spiel, als er zurückkam, sah er aus wie der heilige Sebastian ... Ein Urbason täte es auch, sagte er zu der Ärztin, die ihm halb spöttisch versichert hatte, mit ein bisschen Honig und Aloe Vera würden die Stiche sicher bald verschwinden.

Aber der Junge hat es faustdick hinter den Ohren, da braucht man nur Roberto fragen, den Förster. Wie er ihm die Lourdes ausgespannt hat, aber im Handumdrehen, sag ich dir, und wie er damals den Leuten entgegengetreten ist, die das Bild der Schutzheiligen stehlen wollten, das hat das ganze Dorf gesehen, und ich sag dir, wenn er diesem Workshop über neue Männlichkeit größere Aufmerksamkeit schenken würde, könnte er hier groß abräumen, keiner hatte mehr so viel Erfolg hier seit diesem hübschen Pfarrer damals, zur Zeit der Dornenvögel, der das Dorf verlassen musste, weil ihm die Ehemänner auf den Fersen waren.

Jedenfalls war ich mir bei dieser Wahlkampfgeschichte alles andere als sicher, bis ich die Nachricht von Paco sah, weißt schon, der Alte, der hinterm Waschplatz in einem Haus voller Katzen wohnt, seit sie das Irrenhaus in Teruel zugemacht haben. Er hat sie nachts in die Garage gelegt, ein Umschlag mit einem zusammengefalteten Zettel drin, du weißt ja, er mag es nicht, dass jemand ihn sieht:

Sehr verehrter Enrique,
ich habe deine Familie immer sehr geschätzt, alles nette Leute. Ich habe nicht mehr gewählt seit meiner ersten Entführung durch Außerirdische, als sie mich nach El Rebollar brachten und mir sagten, nicht für Aznar, wehe! Aber diesmal schon, und ich werde für dich stimmen, weil deine Familie immer gut zu mir war und weil diesem Dorf ein Wechsel, wie du ihn verkörperst, guttun würde.

Da habe ich mir gesagt: Schau an, schau an, am Ende macht der Junge das Rennen und alles. Wenn Paco, der Entführte, der sonst nie wählt, am Sonntag da ist, heißt das, dass sich in diesem Jahr doch was ändert, denn fast immer entscheidet es sich um Haaresbreite. Und schau, wie sich alles geändert hat.

Na gut, jedenfalls, ich geh zurück zu denen in der Bar an der Hauptstraße, da geht es heute hoch her. Also, Küsschen, tschüsschen, tschau.

Aus dem Heft des Hipsters

Wie schwer vorauszusehen ist, welche Wege das Leben uns weist. Das sagen die *Göttliche Komödie*, das *I Ging* und die Songs von Amaral, und trotzdem erwischt es dich immer auf dem falschen Fuß. Nie hätte ich mir träumen lassen, dass ich einmal wie eine Art Öko-Montaigne aufs Land gehe, im Kollektiv meinen Gemüsegarten bestelle und erneut bei der Aktion lande, beim sozialen Engagement und im Eifer des politischen Gefechts.

Den Gemüsegarten habe ich aufgeben müssen, um mich auf den Wahlkampf zu konzentrieren.

Ich steige auf den Cabezo Budo, um zu meditieren. Ich habe Zweifel. Ich frage mich, ob ich vom Ehrgeiz verblendet bin, von der Gier nach Macht. Vom Berg aus schaue ich aufs Dorf, von ferne nähert sich auf der gewundenen Straße ein Auto. Ich muss *Die Perser* noch mal lesen. Manchmal frage ich mich, wie ich mich auf dieses Schlamassel einlassen konnte. »Ramiro war immer schon stur«, hat mir meine Tante am Abend gesagt.

War Montaigne nicht auch Bürgermeister? (Muss ich nachgucken, wenn ich nach Hause komme.)

Ich rede mit den Leuten, um rauszufinden, was sie hier in La Cañada so beschäftigt.

Ich denke an die Herausforderungen, die mit der Grundrente verbunden sind. An die unsichtbare Mauer. Das Overton-Fenster. Den ökologischen Umbau. Das Rodrik-Trilemma. Die Sehnsucht nach dem unumschränkten Herrscher.

Ich gehe runter zum Sägewerk und schlage dem Bürgermeister eine Kandidatenrunde vor. Das Format scheint ihn nicht zu überzeugen.

»Wer sind wir denn? Amis oder was? Fehlt nur noch, dass wir zur Frau ›ich liebe dich‹ sagen.«

»Das macht man überall so.«

»Und worüber willst du quatschen?«

»Über die Probleme, die die Bürger beschäftigen.«

»Dafür braucht man keine öffentliche Debatte.«

»Hol dich der Teufel«, höre ich ihn sagen, als ich gehe. Es klingt vielleicht paranoid, aber ich glaube, er hat mich gemeint.

Ich spreche mit der Frau aus dem Laden. Über die Probleme von Unternehmern im ländlichen Raum.

Ramiro und ich besuchen die Gegend von La Costera, ziehen von Tür zu Tür, werben um Stimmen. Starke sezessionistische Spannungen hat es immer gegeben, es herrsche, erfahre ich, eine starke identitäre Stimmung. Die ersten drei Häuser, an denen wir vorbeikommen, stehen leer. Auf einer Wiese treffen wir einen sehr alten Mann mit ein paar Schafen, der mir sagt, er gehe nie wählen.

»Ich bin Demokrat, weil mir alles egal ist.«

Ich frage Mohammed, was ihm Sorgen bereite. Er sagt, es gebe zu viele Ausländer. Da seien einige Rumänen gekommen, die auf einer Baustelle am anderen Ende der Tenne arbeiten; er sagt, sie hätten andere Sitten und würden sich nicht integrieren.

Ramiro macht Fotos von mir in Valdepinar, mit Yanis. Er möchte, dass ich auf den Traktor meines Onkel Rafael steige. Mir leuchtet das nicht ein, ich will ja nicht als Umweltverschmutzer rüberkommen, mir ist wichtig, dass wir unsere ökologische Haltung betonen.

Ich denke an Cambridge Analytica.

Bei meiner Tante trifft ein Bündel Longaniza-Würste ein. Máximo, der Bürgermeister, hat an jeden Haushalt eines verschickt.

Im Waschhaus. Tante María, die in der Cuesta de la Rabadilla wohnt, sagt mir, dass sie im Winter Angst hat, aus dem Haus zu gehen.

»Die Kriminalität ist ein ernstes Problem, dessen sich die Linke annehmen muss«, sage ich.

»Das Problem ist der Nachtfrost«, sagt Isabel.

»Das verfickte Glatteis«, präzisiert María.

Auf der Bank der Alten. Sie spielen Petanca. Félix, der alte Fleischer (der Vater von Félix, dem jetzigen Fleischer), beschwert sich darüber, dass am Abzweig bei La Venta nicht La Cañada ausgeschildert ist. Nur La Valredonda del Molino und Teruel.

»Na ja, das ist der größere Ort, also Teruel, und der nächstgelegene. Und soweit ich weiß, kommt von La Venta aus gesehen erst La Valredonda.«

»Irgendwann fahr ich mit einem Eimer Farbe hin und ändere das, damit das klar ist«, sagt Félix.

Wenigstens gibt es kaum Afrikaner, sagt mir Mohammed.

Abendessen mit meiner Tante Pilar.

Sie spricht von den anderen Kandidaten. Máximo, seit zwölf Jahren Bürgermeister, Eigentümer des Sägewerks, des größten

Unternehmens am Ort. Francisca, die früher im Sägewerk die Buchhaltung erledigt hat, immer sehr temperamentvoll war und jetzt eines dieser Erlebnis-Hotels leitet. Jesús, der Käseverkäufer, der immer aufseiten der Linken, und Mariano, sein Bruder, der immer aufseiten der Rechten stand.

Wir steuern auf ein Szenario der Polarisierung und Fragmentierung zu.

Mein Onkel isst nicht mit uns zu Mittag, etwas ist ihm schlecht bekommen.

In der Bar, Strategien entwerfen mit Ramiro und Lourdes, endlich allein. Wir brauchen eine Kandidatenrunde, sagt Ramiro. Wir reden über die Klimakatastrophe, die ökologische Wende. Ich frage, ob sie schon mal was von Nullwachstum gehört hätten, und erkläre ihnen die Grundzüge.

»Du trägst gerade Orangen nach Valencia«, sagt Ramiro.

»Das Nullwachstum haben wir erfunden«, sagt Lourdes.

»So wie die Liebe. Haben wir auch erfunden, in Teruel.«

»Die Liebe?«

»Die Liebenden. Von Teruel. Lange vor diesem Scheißengländer.«

»Außerdem sind unsere echt, Romeo und Julia hat es nie gegeben«, hat Lourdes gesagt.

Ich wollte einwenden, dass die romantische Liebe ein perverses, heteropatriarchalisches Konstrukt sei, verlor aber den Faden, als ich in Lourdes Augen sah, die sich immer so einen blauen Strich auf den oberen Lidrand malt.

Früh am Morgen radle ich durch das Gebiet der Bauernhöfe. Ich treffe niemanden an. Ich setze mich auf die Felsen und schaue in die Landschaft: Niederwald aus Stechginster, Steineichen und Wachholderbüschen. Die Sonne steigt empor.

Ein Hund verfolgt mich. Das heißt, dass einer der Höfe bewohnt sein muss. Ich komme morgen wieder.

Bei der Gelegenheit kann ich mir auch gleich mein Fahrrad zurückholen.

Meine Tante hat mir einen Brief von einem Nachbarn gegeben. Scheint ein vernünftiger und intelligenter Mann zu sein. Er hat die Freude an der Politik wiedergewonnen. Manchmal ist diese ganze Anstrengung die Mühe wert ...

Ich suche in der Mülltonne nach dem Umschlag, ich möchte ihn gern zusammen mit dem Brief aufbewahren. Ich finde die Verpackung der Longaniza von Máximo.

Ich dachte, es würde zwischen den Kandidaten kein Streitgespräch geben. Und man kann eigentlich auch nicht behaupten, dass es eines war: eher ein Tag der Besinnung. Heute bin ich in der Bar rüber zu Máximo, *the incumbent*, und habe gesagt, wir sollten über die Sorgen der Bürger reden und dass wir fünf Kandidaten gut daran täten, ihnen unsere Visionen vorzustellen. Er sagte, das sei nicht nötig und ich solle ihn in Ruhe seine Partie spielen lassen.

Daraufhin hat sich Ramiro Millán auf eine Rhetorik der Überredung verlegt, die aus Ciceros Zeiten stammt und die Spezialisten als umgekehrte Psychologie bezeichnen würden. Auf seine unnachahmliche Art, verständlich zu sprechen, ohne im Geringsten den Mund zu bewegen, eine Fertigkeit, die er erworben hatte, nachdem ihm mal von einem auskeilenden Esel der Kiefer zertrümmert wurde, schaltete er sich in unser Gespräch ein:

»Sieht aus, als wenn da einer keine Eier hätte.«

»Scheiß drauf, Teufel, nein«, hat Máximo gesagt.

Und er hat seine Karten hingeschmissen und ist zum Trinquete gerannt, den Rathausarkaden, wo früher Frontón gespielt wurde. Er hat angefangen rumzuschreien, und während die anderen Kandidaten benachrichtigt wurden, dachte ich, dass das mehr Ähnlichkeit mit einem Hip-Hop-Hahnenkampf hatte als mit dem Duell zwischen Nixon und Kennedy.

Nach und nach sind Leute eingetrudelt, am Ende waren fast dreißig Personen da, eine Menge.

Der Käsehändler hat sich beklagt, dass das Wasser aus der Solana-Quelle für das Vieh abgeleitet worden ist und dass der Gemeinderat nichts unternommen hat, um die Interessen des Dorfes und seiner Bewohner zu verteidigen: Wegen dieses Gefühls, von der Politik im Stich gelassen zu werden, sei er bei den Wahlen angetreten. Ich dachte daran, dass am Beginn der Schrift auch ein Streit um Wasserrechte gestanden hatte, das war der Ursprung der Geschichte und das Thema einer der Tafeln von Botorrita: Die Konfliktthemen sind in gewissem Sinne zeitlos, ewig. Aber mir fiel nicht ein, wie ich das in Worte fassen konnte.

Mir schien, dass sich einige von Máximos Anspielungen auf mich bezogen. Und dass in einigen seiner Formulierungen wie »und jetzt kommen die Auswärtigen und sagen uns, dass«, »die Auswärtigen glauben, sie dürften sich« oder »die aus der Stadt haben gedacht, sie könnten uns vorschreiben, wie«, eine leichte Feindseligkeit mitschwang. Ich will nicht übertreiben, aber ich habe den Eindruck, dass er mich nicht mag. Und wenn es nicht so abwegig wäre, hätte ich schwören können, dass er zwischen mich und die anderen Kandidaten, die schon immer im Dorf gelebt haben, einen Keil treiben wollte.

Mohammed hat die Hand gehoben und gefragt, ob wir Pläne hätten, die illegale Einwanderung zu kontrollieren. Máximo nutzte die Gelegenheit, um hervorzuheben, wie viel er für das Dorf erreicht hat, nicht weniger als zwölf Arbeitsplätze, und er habe in guten wie in schlechten Zeiten seinen Mann gestanden und in so manchen sauren Apfel beißen müssen.

Als ich die Redewendung hörte, habe ich ihn nach den Longanizas gefragt, weil mein Onkel es seit ein paar Tagen mit dem Magen hat, und Yanis, der das halbe Büschel gefressen hatte, schleicht seit gestern etwas melancholisch herum.

»Ich will keineswegs behaupten, dass die Longaniza, die du geschickt hast, schlecht war«, stellte ich klar.

»Natürlich war die Longaniza nicht schlecht«, sagte er.

»Ich wollte damit in keinem Moment andeuten, du könntest mit deinem Versuch, die Wähler zu bestechen, eine Lebensmittelvergiftung ausgelöst haben«, präzisierte ich.

Ich sagte, es sei wohl ein Virus gewesen, ich hätte ja gesehen, dass die Longaniza von Casa Morales stamme, der Fleischerei in La Valredonda, die einen guten Ruf genieße.

»Deine Mutter ist von dort, stimmt's?«

Ich weiß nicht genau, wie ich darauf kam, aber nun war seine Aufmerksamkeit geweckt. Er blieb einen Moment stumm, dann sagte er Ja.

»Übrigens«, habe ich zum Käsehändler gesagt, »die, mit denen du wegen dem Solana-Wasser Probleme hast, woher sind die? Kommen die nicht auch aus La Valredonda? «

Der Käsehändler hat genickt.

»Mensch, klar, woher sollten sie sonst kommen?«

Es entstand Unruhe, und vereinzelte Buhrufe wurden laut.

Ich war bis spätnachts wach und habe über den Wahlkampf von Obama gelesen.

Später träumte ich von Joaquín Costa und seinem berühmten Grabspruch: »Gesetze erlassen hat er nicht.«

Sieht aus, als ginge es Yanis und meinem Onkel besser. Muss doch andere Gründe gehabt haben.

Gleich gehen wir wählen.

DER TOD DES HIPSTERS

El Peirón, Tageszeitung aus La Cañada
Leonardo Gascón, Dorfchronist

Am letzten Tag der Dorffeierlichkeiten, um 20 Uhr 35, auf den Terrassen von Onkel Ratón am Camino de la Pintada, Kilometer 2, hob
der Guardia-Civil-Beamte das Gewehr an die Wange und wollte
eben dem Protokoll Genüge tun, als eine Detonation die Stille zer-
riss: Enrique Notivol, genannt »der Hipster«, frischgebackener
Bürgermeister und Lokalheld von La Cañada, brach im Ginster zusammen.

Dascheißmireiner in den Kelch!

Der Beamte und seine Begleiter rissen entsetzt die Augen auf,
ebenso die Bewohner des Dorfes, die hierher mitgekommen waren.

Was danach geschah, ist hinreichend bekannt. Entscheidend ist
die Frage, wie es so weit kommen konnte. Keine einfache Geschichte. Eine gründliche Untersuchung hat uns in die Lage versetzt, die
Ereignisse zu rekonstruieren. Dafür haben wir mit zahlreichen Zeugen gesprochen, die Aufzeichnungen von Notivol zurate gezogen
und frei dazu erfunden, wie es uns gefiel.

1. Fragment aus dem Heft des Hipsters

Die Arbeit ist schwierig, aber vielversprechend. Die wichtigsten Projekte stoßen auf gute Resonanz, auch bei der Opposition. Zum Beispiel sagte der Ex-Bürgermeister gestern zu mir: »Tu, was du nicht lassen kannst.«

Ich habe mit der Vorsteherin über die Festvorbereitungen gesprochen. Die Bühne in der Mehrzweckhalle steht schon. Das Dorf ist auf den Besuch am Sonntag vorbereitet. Sie sagt, ihr gefielen die neuen Schilder im Rathaus. Das *Refugees Welcome* sei wunderschön geworden, findet sie. Ich glaube, sie hat recht.

Als ich vorschlug, im Dorfzentrum eine Fußgängerzone einzurichten, dachte ich, es würde einigen Widerstand geben. Aber dann sagte mir Lourdes, zum Marktplatz würde ohnehin niemand mit dem Auto fahren, und die Apothekerstraße ist sehr eng, wenn dir da jemand aus der Familie Tocinero entgegenkommt, musst du sowieso warten, bis er durch ist. Technisch gesehen ist es so, sagte Lourdes, als wäre das Dorfzentrum schon jetzt eine Fußgängerzone. Sie schlug vor, das einfach nicht an die große Glocke zu hängen, dann würde es auch niemand merken und sich beschweren.

»Gute Idee, oder?«

Die Politik beim Recycling organischer Abfälle gestaltet sich etwas komplizierter. Ich hatte mir überlegt, ein paar Container aufzustellen und deren Inhalt später an die Hühnerställe zu verteilen. Aber die Leute sagten, sie würden die Reste lieber gleich an ihre Hühner verfüttern. Es ist nicht leicht, die Trägheiten des Geistes zu überwinden – sie gehorchen einer individualistischen Ideologie im Dienst der neoliberalen Weltanschauung.

An diesem Nachmittag stand jedoch eine delikatere Angelegenheit zur Debatte.

Als ich nach dem Essen ins Rathaus ging, sah ich Onkel Juan auf der Bank im Trinquete, den Rathausarkaden, mit einer Selbstgedrehten zwischen den Lippen und neben sich den Spazierstock. Obwohl wir Schilder aufgestellt haben, auf denen vor *Manspreading* gewarnt wird, saß er breitbeinig da wie immer.

Hätte ich was sagen sollen? Das *Nudge* zeigte offenbar keine Wirkung. Andererseits nennen ihn alle wegen seiner krummen Beine Juan el Garroso, das Säbelbein. Zwar erscheint es mir fragwürdig, jemandem wegen eines – wie soll ich sagen? – nicht mehrheitsfähigen körperlichen Merkmals einen Spottnamen anzuhängen, doch dient »Garroso« der Familie schon seit Generationen als Beiname. Ist *Manspreading* in seinem Fall vielleicht sogar ein identitäres Merkmal? Sollten wir hier eine Ausnahme machen?

Die Ausübung von Macht steckt voller Widersprüche. (*Manspreading*, Identität, Intersektionalität: Ich muss noch weiter darüber nachdenken.)

»Da hast du deine Joint Ventures«, rief mir Juan zu.

An der Tür meines Büros (wie komisch es sich anfühlt, das zu schreiben!) standen zwei Frauen, die die Hände in die Hüften stemmten. Natürlich kannte ich die beiden. Die eine war Remedios Millán, die Sozialarbeiterin des Landkreises und Leiterin des Vereins Feminismus und Viehzucht in Sierra de Sanmartín. Sie ist die Schwester von Ramiro und Javier, die Einzige von den dreien, die studiert hat, und sie lebt in der Kreisstadt, La Valredonda del Molino. Wenn sie ins Dorf kommt (sie fährt einen uralten roten Peugeot 106), verstecken sich Ramiro und Javier im hinteren Teil der Bar, dort, wo immer die Jugendlichen geraucht haben, als es im Dorf noch Jugendliche gab. Die andere war Joaquina la Cartera, dabei ist »die Briefträgerin« keine Briefträgerin, (das ist bloß der Spitzname der Familie), sondern eine Hausfrau, die den Kulturverein Nuestra Señora de Arcos leitet (Lourdes nennt sie die Betschwestern des Dorfes).

Sie heißen die Joint Ventures, weil sie verschiedentlich gemeinsame Sache gemacht haben. Zum Beispiel haben sie erfolgreich das Festival für erotische Poesie in Cañizar verhindert: mit Unterstützung der Vizepräsidentin von Aragón und des Erzbischofs der Diözese Saragossa. Außerdem waren sie die Initiatorinnen einer Kampagne gegen Reggaeton-Musik in der Sala Morales, der einzigen Diskothek im Landkreis. Und sie setzten sich mit der Forderung durch, *Lolita* aus allen öffentlichen Bibliotheken der Region zu entfernen. Allerdings war das Buch gar nicht überall vorhanden, weshalb sie zunächst dafür sorgen mussten, es (als Taschenbuch) anzuschaffen, um es anschließend aus dem Verkehr ziehen zu können: eine echte Grundsatzfrage. Und ein Beispiel für die quicklebendige Zivilgesellschaft, die wir im leeren Spanien beobachten können.

Joaquina und Remedios fühlen sich von der Eröffnung des Shanghai gestört. Das Shanghai ist ein Bordell am Rande der Ortschaft. Nur im Sommer ist es in Betrieb, wenn mehr Leute herkommen. Angeblich ist es das einzige Unternehmen, das in den letzten zehn Jahren im Landkreis gegründet wurde. Remedios und Joaquina wollen nun, dass es von der Gemeinde geschlossen wird. Remedios argumentiert mit der Würde der Frauen und sagt, sie wisse doch, wie sehr mir die feministische Sache am Herzen liege. Joaquina pflichtet bei und fügt hinzu, sie sei außerdem meine Tante zweiten Grades. Keine leichte Situation.

Es ging hart zu. Remedios hat gemeint, sie sei sehr enttäuscht, und wenn das Rathaus nicht handele, müsse man sich weitere Schritte überlegen. Joaquina hat gesagt, dass sie meine Mutter anrufen werde, und wie es überhaupt meinem Bruder gehe. Er war schon immer der Liebling der Familie.

Sie haben darauf bestanden, dass ich im Shanghai vorstellig werde.

Ich habe Ramiro gefragt, ob er mich hinfahren kann, um politische Spielräume auszuloten, vielleicht einen Ausgleich der verschiedenen Interessen zu finden. Er hat auf Drückeberger gemacht und behauptet, er wisse gar nicht, wo der Laden sei und dass er zu tun habe ...

Schließlich bin ich mit dem Rad hingefahren. Ich wusste auch nicht genau, wo ich hinmusste, aber dann dachte ich mir, dass es nur der einzige noch nicht verlassene Hof sein konnte. Außerdem würde »Shanghai« draußen dranstehen, was ein guter Anhaltspunkt war. Das letzte Stück ging über Schotter. Auf den Stufen vorm Eingang stand eine etwa fünfzigjährige Frau und rauchte.

»Na da schau an«, sagte sie. »Der Herr Bürgermeister. Was verschafft uns die Ehre?« Mir war so, als läge ein gewisser Sarkasmus in ihren Worten, aber das hing vielleicht auch mit ihrem Akzent zusammen.

Es war Silvina Domingo, die Puffmutter.

Es wurde ein interessantes Treffen, obwohl ich sie von nichts habe überzeugen können. Ich habe versucht, die Angelegenheit diplomatisch zu behandeln, aber es war ein einziges Stochern im Nebel. Das Etablissement ist schäbig und wirkt nicht sehr hygienisch; ich fühlte mich an eine Bar erinnert, in die wir immer während des Studiums gegangen sind, nur das Poster vom Che fehlte. Ein großer Typ fiel mir auf, der kein Wort sagte. Ich fragte Silvina, wer das sei, und sie sagte, das sei der Volontär.

Es war spät geworden. Ich wollte gerade gehen, als Silvina fragte, ob ich eine Leuchtweste dabeihätte. Die hatte ich tatsächlich vergessen. Aber macht nichts, es gibt kaum Verkehr. Silvina sagte jedoch, es sei sehr wichtig, sich an die gesetzlichen Vorschriften zu halten, sie werde mich mit dem Auto bringen.

Sie hat mich am Dorfeingang abgesetzt.

»Hallo, Ramiro«, grüßte sie.

Ramiro sprach gerade mit seiner Schwester Remedios. Silvina wendete und fuhr davon.

Wie schwer es ist, Dinge zu verändern. Schritt für Schritt, sage ich mir. Was hat es mich gekostet, die Stierkämpfe abzuschaffen! Zum Glück fiel mir eine interessante Alternative ein: das Konzert meines Freundes Ariel Manara, einer Legende der antispeziesistischen argentinischen Liedermacherei. Die Vorherrschaft erlangt man Schritt für Schritt.

2. Das Konzert

Der Besuch, auf den der Hipster anspielte, war der Besuch der Wirtschaftsministerin. Sie stammte nicht aus der Region; der einzige aragonesische Minister der letzten zwanzig Jahre war Román Escolano gewesen, und damals war die Regierung kurz nach seiner Ernennung gestürzt (ein viel zu wenig beachteter Aspekt von Misstrauensanträgen), aber einer seiner Berater hatte zwei Sommer in der Region verbracht und sich überlegt, ein Ministerbesuch könne das Engagement für das entvölkerte Spanien gut unter Beweis stellen. Damit feierte man auch den Sieg der progressiven Kräfte (tatsächlich bekam die rechtsextreme Vox in La Cañada nur eine Stimme, und alle wussten, dass sie von Mohammed stammte, der Araber war und nicht zählte). Die Stierkämpfe waren abgeschafft worden, aber ein Verein hatte einen Viehzüchter angeheuert, um auf der Tenne eine Corrida zu organisieren. Das Konzert von Ariel Manara, diesmal ohne seine übliche Begleitband Los Aliados, weckte in etwa so viel Interesse wie der Soundcheck eines Orchesters ohne weibliche Sängerin. Er spielte einige seiner berühmtesten Hits – »Hegemonie meines Herzens«, »Dein leerer Signifikant«, bewegende Balladen über die sektiererischen Tendenzen der Linken wie »Die Verzweiflung der Zerwürfnisse«, erotisch-antispeziesistische Hymnen wie »Queere Tiere« und sogar den Klassiker »Die Quadratur des Kreises« –, Lieder, die ebenso berühmt waren wie die weniger bekannten. Er endete mit einer Version von »Lied an die Freiheit« von José Antonio Labordeta in inklusiver Sprache:

Es kommt der Tag,
da xier sich umsehen
und xier eine Erde schauen wird,
die Freiheit walten lässt,
Und alle Schwestern werden Brüder...
Es kann aber durchaus sein
dass diesen schönen Morgen
nicht ich, nicht du, nicht keines
je wird kommen sehen,
denn damit er kommen kann,
muss manfraues ausdiskutieren.

Nach dem Konzert von Ariel Manara begann der Auftritt von Sal y Pimienta. Zeugen vor Ort berichten, dass Ariel und Enrique Notivol, der Hipster, an der Bar zusammen ein Bier tranken. Remedios kam auf die beiden zu und fing wieder mit dem Shanghai an. Der Hipster sagte, er sei dort gewesen, sehe aber nicht, was er tun könne. Stinksauer machte sie auf dem Absatz kehrt. Derweil versuchte Ariel Manara, mit sämtlichen in der Mehrzweckhalle anwesenden Frauen ins Gespräch zu kommen. Keine der sechs zeigte sich interessiert. Ariel kehrte an die Bar zurück und bestellte einen Wodka Zitrone. Er war so deprimiert, dass er für einen Moment seinen argentinischen Akzent verlor (er stammte aus Alcobendas, Madrid, und hieß eigentlich Sergio García, hatte aber vor geraumer Zeit entschieden,

dass ein Alter Ego von Vorteil wäre). In rekonstruierter Form laute-
te der Dialog der beiden in etwa so:

»Hör mal, Quique, ist dir das nicht aufgefallen?«

»Was denn?«

»Dass die Bräute in diesem Dorf alle Lesben sind.«

Enrique Notivol betrachtete die Frauen. Einige tanzten, andere
unterhielten sich. Aus ein paar Meter Entfernung starrte eine Gruppe von Männern, die Arme vor der Brust verschränkt, zu Ariel Manara herüber: die Ehemänner und Lebensgefährten der fraglichen
Frauen nebst einiger Angehöriger, darunter mehrere Angestellte
vom Sägewerk sowie drei Bergleute im Vorruhestand. Sogar der
Hipster fand, dass sein Freund die Situation falsch deutete.

Ariel Manara kippte seinen Wodka Zitrone hinunter, umarmte
den Hipster und verließ die Mehrzweckhalle. Er stieg in sein Auto
(eigentlich das seines Vaters) und fuhr davon.

Die Pasodobles waren gleich zu Ende, es ging mit Bingo weiter,
danach würde bald die Rockmusik beginnen.

3. Außergewöhnliche Situationen erfordern außergewöhnliche Maßnahmen

Ein paar Stunden zuvor war Remedios Millán, die Sozialarbeiterin
des Landkreises, zur Tür des Shanghai hereingerauscht, im Vollbesitz moralischer Argumente und abolitionistischer Flugblätter,
wild entschlossen, einen Skandal vom Zaun zu brechen. Baskin Ka-
daré, gebürtiger Kosovo-Albaner, auch bekannt als der Volontär
und einst berühmt als der Tiger von der Drina, hatte versucht, sie
aufzuhalten, dann aber Muffensausen bekommen.

Es war ein wenig früh, und in der Bar befanden sich nur besagter
Volontär, der erst kurz zuvor seine Siesta beendet hatte, eine Kellne-

rin (Marta) und der Pfarrer von Los Olmos, der offenbar herbeigeeilt war, um einer der Prostituierten in einer Glaubenskrise seelischen Beistand zu leisten, und in diesem Moment aus dem oberen Stock herunterkam.

Remedios verlangte ein Glas Wasser und wartete. Zum Glück hatte sie sich etwas zu lesen mitgebracht.

»Was liest du da?«, fragte Marta.

Die folgenden zwei Stunden unterhielten sie sich über Margaret Atwood. Marta spendierte Remedios einige Gläschen Pacharán und schärfte ihr ein, der Chefin bloß nichts davon zu sagen.

Das Shanghai belebte sich. Es trafen die ersten Freier ein, und einige der Mädchen kamen herunter.

Nach einer Weile öffnete sich die Tür, und herein kam der Sänger Ariel Manara mit der Gitarre auf dem Rücken. Er bestellte einen Drink, glotzte Remedios an und sagte: »Willst du was trinken?«

Als Sergio García alias Ariel Manara die Augen aufschlug, dröhnte ihm gewaltig der Schädel, und eine obstinate Melodie drehte dort ihre Runden. Es war eine herzzerreißende, romantische Ballade. Sie schien ihm besser zu seinem anderen Alias zu passen, dem italienischen Schlagersänger Eros de Sica. Er richtete sich im Bett auf, wobei er versuchte, die neben ihm schlafende Frau nicht zu wecken. Er begann mit einem Refrain zu experimentieren: »Sorry, Kleine, ich les nicht so oft mein WhatsApp / Schick mir ein Telegramm, die Antwort kriegst du ASAP.« Ein spontaner Klassiker.

In der Tasche seiner Gitarrenhülle fand er ein Bocadillo mit Jamón Ibérico D.O., das ihm die Tante von Enrique Notivol, dem Hipster, mitgegeben hatte, und eine Flasche mit Wasser aus dem Brunnen der zwölf Fontänen. Das Geld lag auf dem Nachttisch. Er spielte mit dem Gedanken, es mitzunehmen. Was würde ein argentinischer Sänger tun? Lieber nicht drüber nachdenken. Er stand auf, schaute sich ein letztes Mal im Zimmer um, überzeugte sich, dass er nichts vergessen hatte, und ging die Treppe hinunter.

In der Bar weckte eine Frau seine Aufmerksamkeit, deren Anblick ihm streng und sinnlich zugleich vorkam. Sie hatte Ähnlichkeit mit einer Cousine seiner Mutter, fiel ihm später ein. Sie trug dunkle Farben und sprach mit Marta, der Kellnerin. Er konnte es nicht wissen, aber sie war Joaquina Lafaja, die Postbotin, die ins Shanghai gekommen war, im Vollbesitz moralischer Argumente und Flugblätter, bereit, einen Skandal vom Zaun zu brechen. Eros de Sica trat zu ihr und fragte: »Prende qualcosa de bere?«

4. Ein leuchtendes Beispiel für Spanien

Am Sonntagvormittag war alles bereit für den Besuch. Um 11 Uhr 30 fuhr unter Missachtung der ungeschriebenen Gesetze von La Cañada Zentrum wie in einem Krimi aus den Achtzigern ein schwarzer Wagen mit quietschenden Reifen bis zur Plaza Mayor. Heraus stieg Silvina Domingo, die Chefin des Shanghai, eines Animierlokals in den Ausläufern des Dorfes, sichtlich verärgert. Sie wandte sich an den Hipster Enrique Notivol mit den Worten: »So nicht, das kommt nicht in die Tüte!«

»Es kann nicht sein, dass sich Zivilistinnen in mein Lokal schleichen und mir die Kundschaft ausspannen«, sagte sie.

Offenbar war eine Frau aus dem Dorf in Silvina Domingos Etablissement erschienen, hatte einen potenziellen Freier bedient und dafür die Einrichtungen des nämlichen Lokals in Anspruch genommen.

In diesem Moment erschien die Ministerin mit ihrem Gefolge, dem Berater und den Leibwächtern. Hier war der offizielle Treffpunkt, und zum zweiten Mal an diesem Tag wurden die unverlautbarten Regeln von La Cañada Zentrum gebrochen. Der Hipster ging auf die Limousine zu, Domingo folgte auf dem Fuß und lamentierte, der Vorfall sei ein eklatanter Verstoß gegen den fairen Wettbewerb, eine »feindliche Übernahme« und eine »gottverdammte Sauerei«. Derweil waren die Ministerin, der Berater und der Kreistagspräsident der Provinz Teruel ausgestiegen und wurden nun nacheinander vom Hipster begrüßt, der sich als La Cañadas Bürgermeister vorstellte. Die Ministerin sagte »sehr erfreut«, dann reichte sie Domingo die Hand mit den Worten:

»Ah, die Vertreterin des feministischen Kreisverbands, freut mich riesig, dich kennenzulernen. Glückwunsch zu eurer Arbeit.«

»Ja, ja«, sagte der Hipster mit einer Geistesgegenwart, die alle erstaunte, nicht zuletzt ihn selbst. »Silvina Domingo.«

»Erzähl mir mehr von dir. Was machst du beruflich?«

»Ich bin Unternehmerin«, sagte Silvina.

»Ausgezeichnet. Es ist wichtig, Strukturen im ländlichen Raum zu schaffen.«

»Sie leitet einen mittelständischen Betrieb«, sagte der Hipster.

»Ah, wie interessant. Das ist sicher nicht leicht hier.«

»Es braucht viel Energie, ja.«

»Es gibt wenig Arbeit im ländlichen Raum, für die Frauen ist es noch schwieriger.«

»Es gibt Mittel und Wege«, sagte der Hipster, »man muss sie nur finden.«

»In meinem Unternehmen arbeiten nur Frauen«, sagte Silvina.

»Wirklich?«

»Das ist Teil des Kernkonzepts«, sagte der Hipster.

»Welche Branche?«

»Dienstleistungen.«

»Alles Frauen?«

»Ja.«

»Beschäftigen Sie Feste oder Freie, auch Springer?«

»Fest, frei, be... gesprungen wird auch. Wir haben alles im Griff.«

»Das ist außerordentlich verdienstvoll.«

»Einen Burschen haben wir doch«, sagte Silvina.

»Genau genommen einen Volontär«, präzisierte der Hipster. »Wir werden bald eine Regelung für Volontäre auf den Weg bringen. Der Einsatz der Regierung für ihre Situation steht ganz oben auf der Agenda. Diego«, sagte sie zu ihrem Berater, »ich möchte, dass du ein bisschen mit Silvina sprichst und dich von ihr briefen lässt.«

Der Hipster stellte die Ministerin kurz vor. Er war ein wenig nervös, aber wenn er nicht weiterwusste, tat er das, was er schon im Wahlkampf getan hatte: Er übersetzte Passagen aus Bruce-Springsteen-Songs, denn sie passten gut zu Aragón, er brauchte nur die geografischen Bezüge anzupassen. Anschließend ergriff die Ministerin das Wort.

Sie sagte, sie sei sehr glücklich, nach La Cañada gekommen zu sein, in eine Gemeinde mit funktionierender Koalition, in der die progressiven Kräfte regierten und ein exemplarischer Konsens gefunden worden sei. Sie bekräftigte ihre Unterstützung für das leere Spanien und seine sozialen und unternehmerischen Strukturen, die unser Land durch tägliche Bemühungen, durch schonungslosen Einsatz, aber auch durch Zuversicht mit jedem Tag etwas besser machten. Dafür habe sie in Silvina Domingo nun wieder ein leuchtendes Beispiel gefunden: eine tatkräftige Unternehmerin und erfinderische Frau mit großherzigem Engagement für die feministische Sache. Menschen wie ihr sei es zu verdanken, dass das ländliche Spanien ein Modell für Schwesterlichkeit sein könne. Unternehmen wie das ihre, die Frauen im landwirtschaftlichen Raum berufliche Chancen eröffneten, werde die Regierung durch Sonderhilfen unterstützen.

Es gab Applaus, dann stieg die Ministerin in ihre Limousine und rauschte mit ihrem Gefolge davon. Diego, der Berater, hatte einzelne Sätze der Rede notiert und verbreitete sie im Internet, sobald er wieder Empfang hatte. Unabhängige Akademiker retweeteten die Bemerkungen der Ministerin: »Notwendiger Diskurs in La Cañada«, »Unverzichtbare Überlegungen« ... Aber das war schon einen Moment später und auch nicht mehr so wichtig.

Die Ministerin und ihr Stab waren eben fort, als der Alarm ertönte. Legionario, der vom Verein der Drohnenkönige angeheuerte Stier, war aus seinem Pferch ausgebrochen, Aufenthaltsort unbekannt.

5. Die Jagd

Offenbar war es Legionario irgendwann in der Nacht gelungen, das Gatter der Koppel aufzubrechen. »Ich hab euch gleich gesagt, dass es nicht halten wird«, sagte Fernando Ayuso, der Schreiner des Dorfes. Es wurde eine Durchsage mit der dringenden Gefahrenmeldung über Lautsprecher verbreitet.

Zwei Patrouillenfahrzeuge der Guardia Civil verließen ihr Hauptquartier in La Valredonda, um nach dem Tier zu fahnden. Auch Ramiro und Javier Millán, Schützenkönige aus der Region, machten sich zusammen mit weiteren Mitgliedern des Jagdvereins auf die Suche. Begleitet wurden sie von Lourdes und dem Hipster, von Hirten im Ruhestand, der Vorsteherin und etlichen Schaulustigen. Die Großmütter mahnten: »Zieht euch warm an, Kinder, abends wird's kalt.«

Sie hielten es für das Wahrscheinlichste, dass sich das Tier in Richtung der Carretera de la Pintada davongemacht hatte, weil man von der Tenne aus automatisch dorthin gelangte. Es herrschte eine gewisse Unruhe, Legionario könne ins Dorf laufen. Es war schon öfter vorgekommen, in La Cañada und in nahen Ortschaften, dass ein Stier die Stufen zu einem Haus erklommen hatte und dann nicht mehr wusste, wie er wieder herunterkam. Die Leute sorgten sich um ihre Kinder, ihre Schwiegereltern, ihre Autos.

Die Suche dauerte mehrere Stunden, sie führte auf mehrere falsche Fährten. Irrtümlich wurde eine Bergziege verfolgt, die durch die Felsen lief; die Lebensgefährtin eines der Guardia-Civil-Beamten stürmte im Stil eines Spezialkommandos eine Weide unweit des Cabezo Budo, aber da waren nur die Kühe von Tío Pepe und Tío Pepe selbst, der seine Siesta hielt; ein paar Jungs verwechselten den Stier mit einem großen Hund, den sie von Weitem erspäht hatten, verschiedene Tiere wurden in der Ferne gesichtet, denen man bislang nur in den Büchern von Antón Castro begegnet war. Am späten Nachmittag wurde Legionario geortet; er zeichnete sich gegen den klaren Himmel der Terueler Landschaft ab: auf einem Hochplateau, das an eine Mondlandschaft erinnerte und im Bürgerkrieg als Flugplatz gedient hatte.

Die Autos näherten sich, so weit sie konnten. Jenseits einer Mauer hob der Stier den Kopf und stieg einen kleinen, mit verkrüppelten Steineichen und Wachholder gesprenkelten Abhang hinunter. Der Hipster sprang über die Mauer. Alle wollten ihn zurückhalten, aber er war Legionario bereits auf den Fersen.

Wie immer wollte er es mit Dialog versuchen. Aber es schien, als fühlte sich Legionario nicht dazu aufgelegt. Als der Hipster über das letzte Mäuerchen setzte und auf freies Feld gelangte, drehte sich der Stier zu ihm um, fixierte ihn und traf Anstalten, ihn auf die Hörner zu nehmen.

Die Guardia-Civil-Beamten und die Jäger sprangen über die erste Mauer und verschanzten sich hinter den Steineichen. Die Polizisten mussten schießen, weil die Vorschriften es so wollten. Die Jäger wollten schießen, weil sie Spaß daran hatten. Alle waren frustriert, weil der Hipster ihnen in der Schusslinie stand. Und von der anderen Seite kam das Tier auf ihn zu, sodass er in doppelter Gefahr war. Dann aber geschah, womit niemand gerechnet hatte. Der Hipster zog seine Windjacke aus, die er sich auf Anraten seiner Tante übergezogen hatte, hielt sie wie einen Stierkämpferumhang vor sich und trat dem Tier entgegen.

Die anwesenden Augenzeugen sprechen von einer Folge von Schritten, waren sich aber hinsichtlich der Anzahl uneins. Den einen zufolge dürften es vier oder fünf gewesen sein, allesamt eher ungelenk. Den anderen dagegen verrieten sie eine überraschende Stilsicherheit, ihnen zufolge sollen es mindestens zehn gewesen sein.

Jedenfalls aber war Legionario irgendwann mit leicht melancholischem Gesichtsausdruck stehen geblieben. Der Hipster hatte das Tier umarmt, ihm etwas ins Ohr geflüstert und sich die Jacke wieder angezogen. Es war windig geworden.

Was hatte der Hipster getan? Wie war es ihm gelungen, das Tier zu bezwingen oder, um es auf eine unwahrscheinlichere, aber glaubwürdigere Weise zu sagen, es zu überzeugen? Darüber kursieren verschiedene, allesamt extravagante Theorien. Für die einen war die schiere Müdigkeit des Stiers der Grund. Für die anderen ein paar klug gewählte Worte, die berühmte Empathie. Manche sagen, er habe erkannt, wie einst der junge Alexander der Große im Fall von Bucephalus, dass der Stier Angst vor seinem Schatten gehabt habe, und dann den letzten Sonnenstrahl des Nachmittags dazu genutzt, ihn in Schach zu halten. Wieder andere behaupten, er habe einfach Glück gehabt. Einen Moment lang lag tiefe Stille über dem Land. Alles schien plötzlich ruhig und friedlich.

Genau in diesem Augenblick krachte der Schuss. Der Hipster brach über einem Ginstergebüsch zusammen. Ein Gewehr war in diesem Moment höchster Anspannung losgegangen, vielleicht hatte auch jemand zu sehr auf seine Zielsicherheit vertraut.

»Dascheißmireiner in den Kelch!«, hörte man.

Der Hipster lag regungslos am Boden.

Legionario schreckte zusammen, fuhr dann aber fort, seelenruhig das spärliche Gras zu zupfen.

Lourdes sprang über die Mauer und lief zum Hipster. Ihr hinterher rannten die Guardia-Civil-Beamten. Lourdes hatte bereits die 112 angerufen, aber viele dachten, dass es wahrscheinlich schon ein Fall für die 113 war.

Plötzlich schlug der Hipster die Augen auf und schaute überrascht. Aber die Verblüffung von Lourdes und den Beamten war ungleich größer.

Lourdes führte die Hand an die Brust des Hipsters, wo die Kugel ihn getroffen hatte. Sie berührte etwas Hartes. Sie zog es heraus. Es war ein Exemplar von *Leeres Spanien*, dem berühmten Essay von Sergio del Molino. Das Buch hatte das Projektil aufgehalten. Der Hipster schaute Lourdes an und hob den Blick zum Himmel. Die ersten Sterne waren aufgegangen, und einer schien genau über Legionario zu stehen.

DER BÜRGERKRIEG UND KEIN ENDE

1. Der Besuch des Bekloppten

»Wer?«

»Na der Bekloppte!«

Bürgermeister einer kleinen Gemeinde zu sein, ist doch eine aufregende Sache. In einigen wenigen Häusern, einigen wenigen Familien spiegeln sich die großen Probleme unserer Zeit. Ein Dorf ist ein Mikrokosmos. In ihm findest du das große Ganze wieder: Man muss nur ein Auge dafür haben. Und die persönlichen Probleme findest du außerdem noch.

Wenn du Bürgermeister eines Zweihundert-Seelen-Dorfes bist, verfügst du nicht über die Mittel, die Ländern, autonomen Gemeinschaften oder großen Städten zu Gebote stehen, um von heiklen Dingen abzulenken: eine Olympiabewerbung, ein Flüchtlingsboot, Gibraltar, ein illegales Unabhängigkeitsreferendum. Wenn es nur von dir abhängt, ein Problem zu lösen, musst du den Verhältnissen die Stirn bieten. Musst dir die Hände schmutzig machen, wie Sartre sagte, dich der wahren Politik stellen, mit ihrer ganzen Bandbreite an Grautönen, von denen in einer Fernsehansprache oder im Leitartikel einer Tageszeitung niemals die Rede sein wird.

Was du entscheidest, betrifft das Leben der Leute, manchmal in einem Ausmaß, das die Einflussmöglichkeiten jener Führungsfiguren, die wir für mächtig halten, weit übersteigt. Was sind die Auswirkungen eines Handelskriegs mit China verglichen mit einer veränderten Verkehrsführung auf der Dorf-Hauptstraße? Natürlich gibt es Ausnahmen, Stalin, um ein zufälliges Beispiel zu nennen, aber wenn es drauf ankommt, stößt die Machtausübung in vielerlei Hinsicht an Grenzen, sieht sich mit einer Vielzahl struktureller Hindernisse konfrontiert. Man braucht bloß Obama fragen. Sicher würde er sofort mit dem Amtsträger tauschen, der aktuell über Alcañiz oder, noch besser, über Valdealgorfa del Ventorrillo herrscht.

Logisch, dass persönliche Probleme am schwersten zu lösen sind: Weil sie nur von dir allein gelöst werden können. Wir hatten hier ein paar ziemlich heftige Probleme: Etwa als während der Patronatsfeste der vom Verein Drohnenkönige angeworbene Stier Legionario ausbrach. Oder als der Sohn von Puri aufs Dach der Schule kletterte und damit drohte, runterzuspringen, wenn der Pfarrer nicht öffentlich zugebe, dass Jesus Christus ein Außerirdischer und er eine alte Tunte sei. Oder das Verkehrschaos, als José el Conejo und der Karlist Antonio el Requeté sich in die Wolle kriegten und mit ihren Motorpflügen ein Rennen lieferten, wodurch sie den ersten und einzigen Stau provozierten, der in dieser Gegend registriert wurde, seit Hannibal im zweiten Punischen Krieg mit seinen Elefanten hier entlangzog. Eine der heikelsten Situationen in meiner Zeit als Bürgermeister ereignete sich jedoch gegen Ende des Sommers, als Tante Pilar zu mir sagte, dass Mauricio mit mir sprechen wolle.

»Wer?«

»Na der Bekloppte!«, erwiderte sie.

Ich befand mich gerade auf dem Dachboden (die man hier »Falsche« nennt), las Virginie Despentes und wusste nicht, wen genau sie meinte, denn im Wortschatz meiner Tante ist »bekloppt« eine Vokabel von erheblicher semantischer Spannbreite.

Ich schaute aus dem Fenster, dachte, ich würde ihn erkennen, war mir aber nicht sicher. Als ich ihn aus der Nähe sah, war jeder Zweifel verflogen. Da stand er, durch die Jahre und den Erfolg ergraut und erschöpft, und bot den Anblick eines kurzsichtigen, neunzig Kilo schweren Wackelpuddings. Mauricio Garcés, Waffenbruder meines Onkels Rafael beim Kommiss (Marinestützpunkt Madrid), der an der Universität mein Lehrer war und sich in den letzten Jahren aus der Anonymität in die ruhmreiche Bedeutungslosigkeit vorgearbeitet, also mutmaßlich in einen der systemrelevanten Intellektuellen des Landes verwandelt hatte.

»Ich muss mit dir sprechen.«

Normalerweise hätte ich ein Treffen im Rathaus vorgeschlagen, aber heute war Dienstag, und dienstags geht Josefina, die Vorsteherin, nach dem Essen ihre Schwester in La Mata besuchen, weil Francisco el de Pura an den Tagen auch hinfährt und sie bei der Gelegenheit mitnehmen kann; die Rathausschlüssel lässt sie dann bei Paca, deren Mann Julián aber um diese Zeit seine Siesta hält und nicht geweckt werden darf, da er unter Apnoe leidet und nachts furchtbar schlecht schläft. Weshalb ich zu Mauricio sagte, wir würden uns in der Bar von Lourdes treffen, was mir außerdem Gelegenheit gab, sie zu sehen.

2. Mit fliegenden Fahnen

»Wie jeder Erfolg ein Missverständnis«, sagte Mauricio. Das dritte Gläschen Pacharán musste ihm schlecht bekommen sein, denn er wirkte nervös, den Tränen nahe. »Wo ich doch ein Postmodernist bin, verdammt!«

Im Fernseher der Bar lief ein Tierfilm. Die Jäger des Dorfes schauten interessiert zu.

Einige Monate vor Beginn des Sommers hatte Mauricio seinem Verleger einen Roman über den Bürgerkrieg geschickt. Er trug den Titel *Mit fliegenden Fahnen*. Darin erzählte er von Lupercio Larrosa. Das war ein Junge aus dieser Gegend, der mit Begeisterung schrieb und aus einer republikanischen Familie stammte. Obwohl er mit den republikanischen Ausschreitungen im Sommer 36 nichts am Hut hatte, wurde er nach der Einnahme des Gebiets durch die Franquisten von diesen gleich festgenommen und erschossen. Er hatte ein paar Erzählungen und Gedichte in Zeitschriften veröffentlicht. In seinem Buch hatte Mauricio Äußerungen von und deutliche Anspielungen auf Autoren jener Zeit zusammengetragen, die das Interesse an dem Talent des jungen Mannes aus der Region Teruel belegten. Überlebt hatte (wie es bei Garcés hieß) ein unvollendeter Roman. Seine Leiche hatte man in der Schlucht eines vergessenen Dorfes verscharrt, genauer: auf der Grenze zweier Dörfer, in einer heute schwer zugänglichen Gegend, wo am San-Isidro-Tag des Jahres 1948 Francisco Gascón von einem Skorpion gestochen worden war.

»Die Pistolo-Schlucht.«

»Der Name ist einfach klasse.«

»Ja, stimmt.«

»Und weil mich dein Onkel, als das Buch kaum fertig war, bei meinem ersten Besuch im Dorf dorthin mitgenommen hat, passte es perfekt. Wir fügten ein Foto ein. Ich fand, damit bekam das Buch so einen Sebald-Touch. Schau«, er zog eine Mappe hervor und zeigte mir ein Leseexemplar des Buches für Presse und Buchhändler. »Schön geworden, oder?«

Jetzt war Garcés aber, als er das Buch beim Verlag ablieferte, davon ausgegangen, dass er eine ganze Weile auf Antwort würde warten müssen, wie das gewöhnlich der Fall war; aber schon gleich nach dem nächsten Wochenende rief ihn sein Verleger ganz aufgeregt an. Das Buch habe seiner Frau so gefallen, dass er sich gegen seine Gewohnheit genötigt gesehen habe, es zu lesen. Es sei das Beste, was Garcés je zu Papier gebracht habe, beide seien begeistert. Deswegen werde er der Herstellung jetzt Druck machen, damit es direkt nach dem Sommer erscheinen könne.

Lourdes stellte zwei weitere Gläschen Pacharán vor uns hin.

Was für eine Geschichte, hatte der Verleger gesagt. Ein historischer Fund. Cercas wird einen Herzkasper kriegen, so viel steht fest. Aber nach und nach dämmerte Garcés, dass es ein Problem gab: Der Verleger glaubte, die Geschichte in seinem Buch hätte sich tatsächlich ereignet.

»Und? Was hast du ihm gesagt?«, fragte ich Garcés in der Bar von Lourdes.

»Das Übliche. Dass die Realität fließend ist, der Roman schon immer eine hybride Gattung war, eine kannibalistische Gattung, die sich alles einverleibt. Was soll ich dir groß erzählen? Du hast bei mir studiert.«

»Ja, die Postmoderne und das Ende der großen Erzählungen. Ich hab damals mit Auszeichnung bestanden.«

»Klar.«

»Aber wo wir gerade beim Thema sind: Mir hat das damals keine Ruhe gelassen. Wenn alles relativ war, wie konnte ich dann eine Auszeichnung bekommen? Hat dabei geholfen, dass du mit meinem Onkel zusammen Militärdienst geleistet hast? Und sollte nicht auch das egal sein, wenn alles relativ ist? «

»Verstehst du jetzt, warum du die Bestnote verdient hast?«, sagte Garcés.

»Also dann hast du ihm gar nicht gesagt, dass du die Geschichte erfunden hast?«, fragte Lourdes.

»Nö.«

»Dass es diesen Larrosa nie gegeben hat?«

»Moment«, sagte Garcés, »wer bin ich, dass ich behaupten könnte, dass es ihn nie gegeben hat? Nur weil ich ihn erfunden habe, heißt das nicht, dass es ihn nie gegeben hat.«

»Postmodern zu sein ist eine Sache, eine andere, galizischer sein zu wollen als einer, der seine Cousine nach der Kirmes oben im Hórreo flachlegt«, sagte Lourdes.

»Er war einfach so begeistert, dass ich es nicht über mich gebracht habe, ihn von seinem Irrtum zu befreien.«

»Stimmt. Das wäre nicht die feine Art gewesen«, gab ich zu.

Und dieser Schluss, habe der Verleger Garcés vorgeschwärmt. Da wo er sage, er wisse, wo Larrosas Leiche verscharrt sei, und feierlich gelobe, er werde ihn ordentlich begraben, das Unrecht wiedergutmachen. Da habe er, der Verleger, eine Gänsehaut bekommen! Der Gedanke, dass er sich hier befindet, in dieser Schlucht ... und dass du versprichst, ihn da rauszuholen, Mauricio!

»Mit dem Schluss habe ich mich ein wenig überhoben, das lässt sich wohl nicht leugnen«, räumte Garcés ein.

Der Verleger hatte keinen Zweifel: Das musste der verlegerische Coup des Jahres werden. Und an dieser Stelle kam für Mauricio La Cañada ins Spiel. Um Werbung für das Buch zu machen, hatte der Verlag vor Ort einen Lokaltermin organisiert. Journalisten aus ganz Spanien würden an ein vergessenes Fleckchen im leeren Spanien reisen, um dabei zu sein, wenn der Lorca des Maestrazgo exhumiert und umgebettet wurde.

Ihre Teilnahme bereits bestätigt hatten Daniel Arjona, Xavi Ayén, Paula Corroto, Antonio Lucas, Juan Cruz, Peio Riaño, Lorena Maldonado, die von *Página 2*. Angemeldet hatten sich auch Korrespondenten von *The Economist*, *Le Monde* und *Wall Street Journal*. Raphael Minder hatte gesagt, er habe da so einen Twist im Kopf, der die *New York Times* interessieren könnte.

»Welchen denn?«, fragte ich.

»Keine Ahnung, aber er hat gesagt, der Name ›Franco‹ werde im Titel vorkommen.«

Worum Garcés mich als Bürgermeister bat, war also, den Pfad in die Pistolo-Schlucht von Gestrüpp zu befreien, den Besuch im Gasthof anzukündigen und in einer Grube einen Toten zu verscharren, um ihn vor der versammelten Journaille wieder ausgraben zu können. Wir müssten, sagte er, einen passenden Toten auftreiben, und es bleibe nicht viel Zeit. Die Veranstaltung sei schon in ein paar Tagen.

»Sag mal, bist du verrückt geworden?«

»Der zentrale Akt ist die Exhumierung. Sie ist eine Art Epiolog und die Erfüllung des Versprechens am Ende des Buches ... Überleg doch mal: Die öffnen die Grube, und niemand liegt darin, das wäre doch sehr enttäuschend. Will sagen, das wäre sehr schlecht für das Dorf.«

»Wäre das schlecht für das Dorf oder schlecht für dich? Manchmal verwechselt man ja solche Dinge.«

»Was ist nur aus dir geworden? Du hast dich verändert, Enrique. Nimm es mir nicht übel, aber das ist die typische Argumentation der Rechten.«

»Warum ist meine Tante sauer auf dich?«

»Sie kommt auf Seite 77 meines Buches vor; da sage ich, sie sei mächtig in die Breite gegangen.«

»Da hat das mit dem Postmodernismus bei ihr wohl nicht gezogen, wie?«, sagte Lourdes.

3. Meditation auf der Tenne

»Zweifellos sind jene Erzählungen und stammelnden Verse das Werk eines unerfahrenen Autors, leicht verblendet von einer Fertigkeit, die er noch nicht voll beherrscht, wie bei jenen Dribbelkünstlern, die an der Seitenlinie den Faden verlieren. Richtig ist aber auch, dass sehr oft schon im ersten Film, dem ersten Roman eines Autors der Embryo des Gesamtwerks angelegt ist. Später mag er vollkommenere Stücke zustande bringen, den Beruf und das Handwerk beherrschen, vielleicht kann er sogar über Themen schreiben, die ihm nicht allzu viel bedeuten, mit technischem Know-how und auch aus der Notwendigkeit heraus, den eigenen Dämonen zu entfliehen, die sein schöpferisches Unbewusstes unbarmherzig verfolgen; aber wenn er ein schriftstellerisches Genie ist, und das war Lupercio Larrosa meines Erachtens, dann ist jene erste Anstrengung die Achse des Fächers, das Zentrum, von dem alles ausgeht, der Funke, der den echten Brand auslöst, denn, wie Vargas Llosa sagte, die Literatur ist Feuer. Wir können uns heute nur vorstellen, wie er sich noch entwickelt hätte. Trotzdem ist unschwer jene moralische Sorge zu spüren, die seltene Anständigkeit dessen, der inmitten der Barbarei seine Naivität zu bewahren vermag, jene Unschuld, die eine Form von Weisheit ist, jenen Sinn für ethische Balance, die weit berühmtere Schriftsteller und Intellektuelle als er nicht zu wahren wussten«, schrieb Garcés.

Wie immer, wenn es knifflig wird, unternahm ich einen Spaziergang zur Tenne mit meiner Spotify-Playlist »White Noise« auf den Ohren, die mir beim Nachdenken hilft; und als ich die Worte meines alten Professors las, wünschte ich, sie wären wahr, ein bisschen so wie damals, als ich klein war und mir mein Vater die Geschichte von König Artus und seiner Tafelrunde erzählte – auch wenn ich heute weiß, dass sie nichts weiter ist als ein Konglomerat migrantenfeindlicher Erzählungen, gespickt mit heteropatriarchalischen Stereotypen, toxischen Beziehungen und zweifelhaften Apologien pseudowissenschaftlicher Art.

Garcés nahm einige Prosafragmente und ein paar »klar vom Surrealismus beeinflusste« Gedichte auf. (Zum Beispiel das prophetische: »Hast du je dem Tod ins Aug geschaut, ohne mit der Wimper zu zucken? Ich schon, weshalb ich nicht gestorben bin.«)

Im Schein des Mondes und der Laterne am Schulgebäude las ich das Leseexemplar und dachte an die Widersprüchlichkeiten der Machtausübung. Auch zerbrach ich mir permanent den Kopf darüber, wo wir ein Skelett auftreiben könnten.

In diesen Momenten der Drangsal fiel mir Leonard Cohen ein, der in einem Kloster bei einem buddhistischen Lehrer die Spiritualität erlernte, derweil seine Assistentin ihn ausplünderte. Wenn ich doch nur auch einen solchen Führer hätte. Daher dachte ich, mein Onkel Rafa, Garcés und Lourdes könnten Gedanken lesen, als sie im Land Rover mitten auf der Esplanade erschienen und mir zuriefen:

»Steig ein. Wir fahren zum Felsenkloster.«

Auf dem Weg zu dem der Jungfrau von Aceroyas geweihten Sanktuarium setzte mich Lourdes ins Bild: Ich war viele Male darunter entlanggefahren, und wie alle beeindruckte mich das Bild dieser oberhalb der Landstraße in den Felsen hängenden Anlage, zwei- oder dreihundert Meter hoch über dem engen Flusstal. Obwohl es hieß, es habe dort eine Templerkirche gegeben, und das Sanktuarium und seine Grotte fänden bereits in Texten des vierzehnten Jahrhunderts Erwähnung, stammte der Bau aus dem fünfzehnten und sechzehnten Jahrhundert. Später war es ein Wallfahrtsort für Besessene, vor allem Frauen, die hierherkamen, um sich einer Teufelsaustreibung zu unterziehen. Heute gab es das so nicht mehr, und es lebten dort einige wenige Mönche, die sich der Herstellung von Vogelbeerlikör widmeten und das Museum der Grausamkeiten in Ordnung hielten, das man täglich außer montags besuchen konnte. Lourdes machte sehr viel genauere Angaben, an die ich mich aber nicht im Einzelnen erinnern kann, weshalb ich hier diese aus dem Internet kopierte Zusammenfassung gebe.

Wir fuhren jedoch nicht hin, um spirituellen Beistand zu suchen. Der Plan war, in das Museum der Grausamkeiten zu gelangen und eines der Skelette mitzunehmen. Erst schändet man Gräber, und am Ende plagiiert man Wikipedia, denke ich heute, und es läuft mir kalt den Rücken hinunter, wenn ich an die Felswände des Sanktuariums der Jungfrau von Aceroyas denke.

DIE ERINNERUNGSKULTUR IST VOLLER ZUKUNFT

1. Der Hüter des Sanktuariums

Wir ließen den Wagen am Straßenrand stehen und erklommen den Weg hinauf zum Felsenkloster. Irgendwo vor uns meinten wir Schritte zu hören. Als wir die Tür erreichten, stand sie halb offen. Niemand war zu sehen. Aber nun hatten sich die Dinge verkompliziert. Wir konnten nicht mehr einfach hineingehen und uns ein Skelett unter den Nagel reißen. Sie wussten, dass wir da waren.

In der Ferne bellte ein Hund.

Wir verharrten einen Moment an der Tür. Ich hatte Bedenken. Aber Lourdes und Garcés fanden, wo wir schon mal da waren, sei die Flucht nach vorn der beste Weg.

Nach dem Eintreten befanden wir uns in einer Art Innenhof. Mein Onkel war vor vielen Jahren, als Kind, einmal hier gewesen. Es gab ein Hauptgebäude, das sich im Berg zu verkriechen schien. Wir gingen darauf zu. Die Tür war verschlossen und wirkte sehr massiv. Durch den Spalt zwischen beiden Flügeln sah man eine Gestalt.

Mauricio Garcés klopfte.

»Hallo, guten Tag ...«

Man hörte einen dumpfen Schlag auf den Boden.

»Entschuldigen Sie, ich wollte nicht stören. Ich weiß, es ist noch früh, aber soviel ich weiß, sind Mönche doch Frühaufsteher«, sagte Garcés.

Man hörte wieder einen Schlag.

»Wir haben doch hoffentlich niemanden geweckt?«

»Murre nie einer rum«, sagte eine Stimme.

»Wir dachten, alle seien bereits wach und tun, was Mönche so tun.«

»Namen nenne man!«

»Ich bin Mauricio Garcés, vielleicht haben Sie von mir gehört oder gelesen. Ich bin Romancier, habe eine Kolumne in der Zeitung ... mit einer Menge Leser übrigens.« Lourdes sah ihn scharf an, er zögerte. »Wir brauchen ein Skelett. Ein vollständiges. Wir sind anständige Leute. Ich habe eine Kolumne ... Selbstverständlich werden wir uns erkenntlich zeigen. Das Rathaus wird sich nicht lumpen lassen, nicht wahr Enrique?«, sagte Garcés.

»Reizend lügt güldne Zier«, hörte man von drinnen.

»Nein, verstehen Sie mich nicht falsch ... Das ist, sagen wir, nur eine kleine Aufmerksamkeit. Ich bedaure, wenn das beleidigend klang. Ich wollte nicht beleidigend sein ...«

»Sei fein, nie fies«, erwiderte die Stimme.

»Tut mir leid, Sie verärgert zu haben. Jetzt, ich, also wir brauchen das ...«

»Moment. Lass mich mal«, sagte ich zu Garcés. »Leben Sie mit Siegreits Rune? Deine Zier sei dies: Reize nie den Urstiergeist im Eisnebel«, sagte ich.

In diesem Moment öffnete sich die Tür. Deutlicher sahen wir jetzt die Gestalt, die von draußen kaum zu erkennen gewesen war. Sie hielt einen langen Stab in der Hand. Als wir näher traten, sahen wir, dass es eine Sense war.

»Ihr habt schnell kapiert. Die vom letzten Mal haben Stunden gebraucht. Würde sagen, die waren Navarrer. Ich bin Pater Juan, ich leite diese Gemeinschaft. Bin sozusagen der Hüter des Sanktuariums. Tretet ein. Fürchtet euch nicht wegen der Sense. Ist sozusagen Teil der Requisite. Man weiß ja nie, wer kommt.«

Wir folgten ihm und kamen in eine große Halle. Am Boden sah man ein aus Steinchen gefügtes Muster, das man aber nicht gut erkennen konnte. Pater Juan wies nach links und führte uns in einen anderen, kleineren Raum, in dem ein paar Reihen Holzbänke standen.

»Ich lade euch zum Frühstück ein. Habt keine Angst«, er stutzte einen Moment. »Oder doch, na gut. Angst zu haben, steht jedem frei.«

Das Frühstück bestand aus ein paar Kanten trocken Brot und einigen Gläsern Vogelbeerlikör aus eigener Herstellung. Mein Onkel sagte, er sei sich nicht sicher, ob er das runterkriegt.

»Ich habe nicht die Eier, mir am frühen Morgen so was einzuflößen.«

»Das ist das übliche Frühstück hier«, sagte Pater Juan, und niemand wagte, ihm zu widersprechen.

Nach vier Gläschen waren Mauricio, Lourdes und mein Onkel eingeschlafen, lagen mit dem Kopf auf dem Tisch. Nichts hätte sie wecken können.

Pater Juan schaute mich an.

»Mach dir keine Sorgen um sie. Sie sind bald wieder auf den Beinen. Findest du es nicht merkwürdig, dass du nichts spürst?«

»Nein, ich verstehe nichts von solchen Sachen ... Und was ich nicht weiß, macht mich nicht heiß. Wenn es Mezcal wäre oder Jägermeister ...«, antwortete ich.

»Ich wusste, dass du es bist«, sagte er.

Er nahm die Sense und bedeutete mir, ihm zu folgen. Beim Hinausgehen schloss er die Tür.

An das Folgende habe ich eine nur mehr verschwommene,

nebulöse Erinnerung, wie wenn man einen Artikel von Iñigo Errejón auf dem Heimtrainer liest. Ich weiß noch, dass Pater Juan mich durch einige Räume führte; er zeigte mir die Werkzeuge, die man in früheren Zeiten verwendet hatte, um den Frauen aus den Dörfern um Teruel und Castellón, die Hilfe suchend im Kloster erschienen, den Teufel auszutreiben. Ich weiß nicht, ob sie dem Teufel Angst eingejagt haben. Mir schon.

»Sie sind schon lange hier, richtig?«

»Sehr lange«, erwiderte er.

Er wollte das offenbar nicht vertiefen.

»Also, das Mädchen und du, ihr habt verhindert, dass sie ein Bild aus der Ermita klauen«, sagte er.

»Ja.«

»Und das hat letztlich bewirkt, dass sie dich im Dorf als Ihresgleichen akzeptiert haben.«

»Ja.«

»Nicht als Ihresgleichen. Als Bürgermeister.«

»Ja.«

»In einer Koalition und so, aber du warst schon der Kandidat mit den meisten Stimmen.«

»Ja.«

»Und jetzt seid ihr gekommen, um euch einen Toten zu holen.«

»Ja.«

»Um deine Position in der Gemeinschaft zu sichern, bist du bereit, das Gegenteil von dem zu tun, was dir diese Position in der Gemeinschaft verschafft hat.«

»So gesehen ...«

»Selbstbehauptung durch Selbstverleugnung.«

»Ja.«

»Wärst du vorher nicht strikt gegen so was gewesen?«

»Vorher war ich nicht Bürgermeister von La Cañada.«

Wir waren in einem anderen Raum angekommen, feucht und die Wände nackter Fels. Pater Juan begann Rätsel aufzugeben. Die meisten kannte ich aus *Trainiere dein Gehirn*, einem Buch, das mein Opa besaß; er hatte es in einem VIPS gekauft. Pater Juan verlor allmählich die Nerven, weil er mich nicht zu überraschen vermochte. Seine Strategie wurde aggressiver. Er sagte: »Ein Zentrum, das schon nicht mehr nur die Entfernungsgleichheit zwischen den Polen ist, sondern innerhalb eines Systems linearer Gleichungen mit mehreren Unbekannten einen Punkt beschreibt, an dem sich die gegenläufigen Linien einer Matrize schneiden.« Ich erwiderte: »Man muss die intellektuellen Anstrengungen vervielfachen, um die Verunsicherung zu überwinden und einen optimistischen Kreislauf zu begründen, sodass die Rückbesinnung auf alte Rechte in einem spiralförmig verlaufenden Demokratisierungsprozess die Eroberung neuer begünstigt.«

Ich fragte ihn: Was habe ich in der Hand? Er erwiderte: Eine Straßenbahn, und ich: Gilt nicht, das hast du gesehen, und ging über zu George Berkeley. Daraufhin nannte er mir die Aufstellung der Mannschaft der Phantastischen Fünf von Real Saragossa und ich ihm die der ungarischen Mannschaft bei der Weltmeisterschaft 1956. Er konterte mit der der BRD von 1974 und ich mit der der Alifantes. Er sagte, wer hat, dem wird gegeben, und wer nicht, dem nimmt man noch das wenige, das er hat, und ich rief: Wie heißt der Film da! Und zeigte auf ein Altarbild an der Wand, auf dem sich Teufel, Ungeheuer und ein eindeutig melancholischer Drache tummelten.

»Die Zärtlichkeit des Drachen.«

»Jemand beobachtet dich heimlich«, sagte ich.

»Irgendein Hund liegt immer auf der Lauer.«

»Die Toten in die Grube«, erwiderte ich und dachte, zwar ist die Bücherliste von Martínez de Pisón damit noch lange nicht erschöpft, aber der Titel war einfach nicht zu toppen: Schachmatt! Er setzte sich auf einen steinernen Stuhl und sagte, er gebe sich geschlagen. Er werde uns das Skelett überlassen. Was genau wir bräuchten? Ich sagte, jemanden, der in den Jahren 1937–38 als junger Mensch zu Tode gekommen sei, am besten durch eine Kugel.

»Haben wir da«, sagte er, als hätte ich ein Paar Vans verlangt.

Es gebe nur noch eine letzte Prüfung zu bestehen. Vielleicht die schwierigste von allen, sagte er. Er zog einen Vorhang zur Seite.

»Kannst du mir das Wifi konfigurieren?«

Die Verbindung im Felsenkloster war viel besser als im Dorf. In einer halben Stunde hatte ich alles eingerichtet, sogar Bluetooth für das Glockengeläut. Ich riet ihm, in jedem Fall einen Repeater zu kaufen, damit die Verbindung bis ins Museum der Grausamkeiten reiche, und empfahl ihm verschiedene Modelle. Er gab mir ein paar Knochen, die ich in einer Supermarkttüte von Simply aus Alcañiz, Größe XXL verstaute, und wir kehrten in den Saal zurück, wo Lourdes, Mauricio und mein Onkel schliefen. Zurück im Tageslicht stellte ich fest, dass die Sonne bereits tief stand: Wir hatten fast den ganzen Tag verplaudert.

Wir weckten meine Gefährten. Alle drei klagten über Kopfschmerzen. Pater Juan bestand darauf, dass sie etwas Schinken aßen, und befahl uns, aus einem Becher zu trinken.

»Trinkt etwas davon, und ihr werdet sehen, wie gut es euch bekommen wird.«

»Ihr könntet den Becher wirklich ein bisschen besser sauber machen«, beschwerte sich Garcés.

»Schwierig, das Holz ist empfindlich«, sagte Pater Juan.

Jedenfalls tat der Schinken uns gut, und das Getränk, das uns Pater Juan gegeben hatte, machte meine Gefährten wieder munter. Lourdes fragte, was das sei, und der Mönch entgegnete ihr, das spiele keine Rolle.

»Du könntest uns nicht vielleicht das Rezept geben?«, sagte Lourdes.

»Nein«, sagte er. »Ist ein Geheimnis des Klosters. Wenn ihr was davon braucht, müsst ihr herkommen und es hier trinken. Wenn ihr wollt, gebe ich euch den Becher mit, wir können ihn nicht in die Spülmaschine tun.«

»Wenn ich das meiner Pilar anschleppe, wirft sie es mir an den Kopf, so viel ist sicher«, sagte mein Onkel. »Aber her damit, wir haben noch nicht genug Plunder zu Hause.«

Wir bedankten uns bei Pater Juan und kehrten ins Dorf zurück. Schon morgen früh würden die Journalisten ins Dorf kommen. Wir hatten keine Zeit zu verlieren.

2. Die Stunde der Wahrheit

Die Exhumierung war ein voller Erfolg. Verlagsleute und Journalisten waren gleichermaßen beeindruckt. Der englische Hispanist – einer von den beiden, ich verwechsle sie immer – schaute, auf einen Wacholderstock gestützt, gerührt zu. Der Che-Guevara-Biograf sah hinüber zu dem Pärchen der Guardia-Civil-Beamten, die am Rand des Forstwegs herumlungerten: »Strong presence of paramilitary forces«, sollte er später im *New Yorker* schreiben. Mauricio Garcés stand neben der Pressechefin, dicht an der Grube, die mein Onkel Rafael aushob.

Die Knochen kamen zum Vorschein. Es war ein einmaliger Moment. In diesem Augenblick, konfrontiert mit dem geraubten Vermächtnis und dem dringenden Wunsch, meine eigene Lüge zu glauben, war ich nahe daran, zu verstehen, wie sich ein Anhänger der katalanischen Unabhängigkeitsbewegung fühlen musste.

Mauricio Garcés hielt eine Rede, die Journalisten stellten Fragen, der Verleger gab wiederholt seiner Freude Ausdruck, und auch ich sagte ein paar Worte. Dann kehrten wir zum Essen in den Gasthof ein. Borretsch-Kartoffeln und Lammkoteletts; Forelle für die Vegetarier. Einige der Journalisten betranken sich und blieben im Dorf.

Natürlich bin ich aus allen Wolken gefallen, als ein paar Wochen später die Ergebnisse veröffentlicht wurden: Die DNA-Untersuchung durch das Gerichtsmedizinische Institut hatte ergeben, dass die menschlichen Überreste einer Frau gehörten.

Es war natürlich ein Fehler, dieses Detail nicht bedacht zu haben, als Pater Juan mir im Felsenkloster die Knochen übergab. Letzten Endes erwies es sich jedoch als großer Vorteil. Die Nachricht schlug ein wie eine Bombe. Lupercio Larrosa, der Lorca von Maestrazgo, der Miguel Hernández von Sierra Arcos, war eine Frau, die ihre wahre Identität hatte verheimlichen müssen, um ihrer literarischen Berufung folgen zu können, und sie war zweifach ausgelöscht worden: erst durch den Machismus, dann durch den Faschismus. Sie war die Schwester Shakespeares, die sich Virginia Woolf erträumt hatte, und außerdem hatte Franco sie erschossen.

Die Geschichte erregte verständlicherweise Aufsehen. Bei dem öffentlichen Begräbnis auf dem Dorffriedhof rezitierte ich eine Version des Gedichts von Auden über Yeats, das ich unter Betonung der Alliteration und Doppeldeutigkeit dem Anlass etwas angepasst hatte: »Earth, receive an honoured guest / Lupercio Larrosa's laid to rest.« Es kamen noch mehr Journalisten; ich musste Silvina Domingo anrufen und bitten, das Shanghai herzurichten, weil es im Gasthaus und in den Ferienhäusern keinen Platz mehr gab. Die Zeitungen waren unschlüssig, wussten nicht, ob sie ihre Gender-Experten oder ihre Franquismus-Korrespondenten schicken sollten. Der englische Hispanist verfasste einen Leitartikel; der Text fand in allen landesweiten Nachrichten Erwähnung. Die Kritiker entdeckten

in den wenigen Texten, die von Larrosa bekannt waren, eine trans-
geschlechtliche Ambivalenz, ein subtiles Gewebe aus Hinweisen
und Anspielungen. Das Buch wurde ins Englische übersetzt, Judith
Butler war bereit, eine Quote für die Binde beizusteuern. Cercas
ging schon der Arsch auf Grundeis; Carrère auch, wie man hört. Nie
zuvor war das Dorf so oft in den Schlagzeilen gewesen.

Aber ein paar Wochen später war wieder alles so wie immer: Leben auf dem Land, so friedlich wie unerbittlich. Ich maß der Angelegenheit keine größere Bedeutung mehr bei, als eines Sonntag-
morgens Mauricio Garcés bei uns anrief.

»Der Bekloppte ist am Apparat«, sagte meine Tante.

Ich hatte ihm schon gesagt, er müsse in seinem nächsten Buch
unbedingt das mit Larrosas Geschlecht erklären und vor allem er-
wähnen, dass meine Tante jetzt viel dünner sei.

»Mir ist etwas Sagenhaftes passiert«, sagte Garcés. »Ich war auf
dem Rastro und habe an einem der Stände ein Buch von Luisa gefunden.«

»Luisa?«

»Ja, Luisa. Lupercio Larrosa.«

»Jetzt mach aber halblang.«

»Es liegt hier vor mir. Es hat ein Vorwort von Jarnés! Ist das
nicht unglaublich?«

»Um ehrlich zu sein, nein«, sagte ich.

Ich legte auf und unternahm mit Yanis einen Spaziergang ins
Grüne. Anschließend würde ich in die Bar von Lourdes gehen, Zeit
für den Wermut.

DIE TRACHT VON TANTE ROSARIO

I

Konnte man das, was ich gekannt hatte, bevor ich ins Dorf kam, Leben nennen? Natürlich schon, zumindest im Großen und Ganzen, die letzten Monate mit (ohne?) Lina nicht eingerechnet. Aber die Zeit prägt sich dir ganz anders ein, wenn du auf Tuchfühlung mit der Natur bist, wenn du den Wechsel der Jahreszeiten hautnah erlebst, diesen Naturrhythmus fern des sich 24/7 drehenden Nachrichtenkarrussels und eines politischen Lebens, das uns beständig das Gefühl vermittelt, rasend schnell voranzuschreiten, ohne sich eigentlich vom Fleck zu bewegen und irgendwo anzukommen. Hier steht einem der zyklische Charakter des Lebens viel deutlicher vor Augen, ein bisschen so, wie wenn du dir *König der Löwen* anschaust. Und zugleich spürst du auf existenzielle Weise die Zeit, die uns der Auslöschung entgegenträgt, nimmst die Flüchtigkeit und Vergänglichkeit der Dinge wahr, außer wenn du Onkel Juan el Garroso und Carmen la Generala siehst: Das alte Säbelbein und die taffe Generalin bleiben stur sie selbst, er unter den Arkaden des Rathauses, sie am Hang hinter dem Haus der Conejos, wie zwei pensionierte Diogenesse.

Ich verbinde den Aufbau einer ökologischen Landwirtschaft in Valdepinar mit anderen Projekten für das Dorf. Als Bürgermeister ist es mir wichtig, über die Sorgen der Bürger im Bilde zu sein. Jeden Tag nach dem Essen (so gegen 13 Uhr 25) gehe ich daher für ein Weilchen auf eine Kartenpartie in die Bar an der Hauptstraße, die für mich immer die Bar von Lourdes sein wird.

Dort saßen wir eines Donnerstags ganz gemütlich und spielten unsere Partie, und während wir Karten kloppten, erzählte Francisco, dass in Melero, dem Dorf seiner Frau, sieben Kilometer entfernt, an der Straße nach Cañizar, nicht die Himmelfahrt der Jungfrau im August, sondern die Geburt der Jungfrau im September gefeiert werde. Auch veranstalteten sie dort keine Hühnerrennen, und das Guiñote bestand dort aus fünf Runden, nicht aus drei. Daraus ergab sich zum Teil eine gewisse innerfamiliäre Reibung, wie er sich ausdrückte (nicht exakt seine Worte, aber ungefähr das, was er meinte). Mir wurde wieder mal klar, dass wir, die wir an ein kosmopolitisches Klima gewöhnt sind, die Komplikationen des Multikulturalismus, das breite Spektrum von Abstufungen und Missverständnissen, das die Begegnung diverser Kulturen und Empfindlichkeiten mit sich bringt, stark unterschätzen.

Ach, Kimlycka!

Dann bat Javier Francisco, gefälligst den Mund zu halten und wir begannen mit dem Trumpfen, dem Teil, den ich am meisten mochte, zwar hatte ich nur ein Pferd, aber das leistete ganze Arbeit, und ich dachte schon, wir würden gewinnen, aber dann stach Ramiro meine Drei, was ihn immer mächtig freut. Und dann sagte Francisco:

»Ich scheiß mir in den Kelch!«

Und Javier:

»Ich hab dir doch gesagt, du sollst die Klappe halten.«

Aber dann:

»Das darf ja wohl nicht wahr sein.«

»Nein, oder?«

»Für mich schon.«

»Aber hallo.«

»Diese verdammten Drecksäcke.«

»Also ja oder nein?«

»Worauf du einen lassen kannst: Ja.«

»Aus welchem Loch sind die denn gekrochen.«

»Mit dem Klammerbeutel gepudert.«

»Heiliges Kanonenrohr.«

»Sauerei.«

Mir fiel nichts ein, das ich hinzufügen konnte.

»Ja, ja,«, sagte Lourdes. »Aber so was von! «

Alle starrten auf den Fernseher der Bar. Ich verstand nicht, worum es ging, und sah nur ein Konzert mit einer rassifizierten Sängerin, begleitet von einigen Dutzend überwiegend ebenfalls rassifizierten Tänzerinnen. Lourdes drehte den Ton lauter. Die Stimme im Off sagte:

»Die Sängerin Clytemnestra Ramirez, Clyte, erholt sich derzeit von ihrer schmerzlichen Trennung von Rapper Inzane Zurgeon. Die US-amerikanische Sängerin präsentierte einige Stücke von ihrer letzten Scheibe, *Divorce Record*, wie etwa ›Stupid Bastard‹, ›Alone in the Rain‹, ›Tiny Dick and Bad Breath‹ oder ›Gonna Fuck You Up So Bad You'll Cry Through Your Asshole‹, erfreute ihr Publikum aber auch mit klassischen Hits wie ›More Die of Heartbreak‹ oder ›Horny and Trapped in Trump Country‹. Clyte, die in wenigen Tagen in unserem Land ein Konzert geben wird, bewies, dass sie trotz ihrer emotionalen Krise bestens in Form ist, wie man auf diesen Bildern sehen kann. Es ist, wie die Leute sagen, Singen vertreibt die bösen Geister.«

Mit Bildern des Konzerts – eine Totale, die mit einem Zoom auf die üppigen Oberschenkel der Sängerin im Close-up endete – schloss die Sendung, und die Nachrichten begannen. Lourdes drehte den Fernseher wieder leiser.

»Hast du Töne ...«

»Starkes Stück ...«

»Die ist sich wohl für nichts zu schade...«

»Rattenscharf, die Alte. So viel steht mal fest.«

Nach und nach reimte sich mir zusammen, was los war. Javier hatte gesehen, dass das Kostüm, in dem Clytemnestra Ramirez auftrat, der Frauentracht von La Cañada sehr ähnlich – identisch, sagte Francisco – war. Die Tracht von Tante Rosario, sagte Javier.

Die nur an Festtagen getragen wird, ergänzte Lourdes. Obwohl es sich um die traditionelle Tracht handelte, nannte man sie die Tracht von Tante Rosario, nach Rosario Escorihuela, die Schneiderin gewesen war und die kompliziertesten Änderungen auszuführen verstand. Ich fragte, wie sie so sicher sein konnten, dass es diese Tracht und nicht die des Nachbardorfs war, weil sich die Trachten meines Wissens ziemlich ähnelten. Javier, Ramiro, Francisco und Lourdes sahen mich streng an. Es sei klar wie Kloßbrühe, dass es ihre Tracht war; die der umliegenden Dörfer – La Mata, Valredonda del Molino, Melero, Cañizar – sähen völlig anders aus. Wieder war ich in die Nivellierungsfalle des kosmopolitischen Liberalismus getappt, hatte die traurige Kurzsichtigkeit des Weltbürgers unter Beweis gestellt, der überall und nirgends zu Hause ist.

»Das ist nicht hinnehmbar«, sagte Javier.

Anscheinend waren Javier, Ramiro und Francisco mit dem Konzept kultureller Aneignung nicht hinreichend vertraut, weshalb ich ihnen das kurz und in groben Zügen erklärte. Ich referierte ihnen einige der Kontroversen, die in jüngster Zeit an verschiedenen Universitäten in den Staaten geführt wurden. Dann, weil ich sah, dass es sie interessierte, sprach ich von den Maori des Ngati-Toa-Stammes, die erreicht hatten, dass ihnen die neuseeländische Regierung die Eigentumsrechte am traditionellen Haka Ka Mate zusprach, den die neuseeländische Rugby-Nationalmannschaft vor jedem Spiel tanzte und sang.

»So eine Art Jota?«, fragte Francisco.

»Erinnerst du dich nicht an den Film mit dem Schwarzen, der aus dem Knast kam?«, fragte Ramiro zurück.

Was konnte ich als Bürgermeister tun? Wir könnten einen Brief schreiben oder eine Protestwelle in den sozialen Medien lostreten. Lena Dunham hatte auf kulturelle Aneignung geklagt, weil in einer Uni-Mensa Sushi serviert wurde. Bekanntlich stehen wir über sechs Ecken mit Gott und der Welt in Verbindung, auch wenn wir uns in Teruel befinden. Ich begann zu überlegen, über wen von meinen Bekannten ich an die Sängerin herankommen könnte. Was, wenn wir uns für den Protest mit den Nachbardörfern zusammentaten, über eine Plattform »Leeres Spanien«, oder mit anderen Ortschaften der Region?

»Drauf geschissen«, sagte Javier, eine in der Gegend übliche Form, seine Ablehnung kundzutun, die ich vergeblich im linguistischen Handbuch von J. L. Austin gesucht habe, das wir damals im Studium lasen. »Wir steigen jetzt ins Auto und werden mit diesen verfickten Arschgeigen ein paar Takte reden.«

Das halte ich für eine gute Idee. Dialog, Dialog, Dialog: Auf den anderen zuzugehen, ist immer eine gute Lösung.

2

Das Verhalten vieler Bewohner von La Cañada, wenn sie in eine Stadt kommen, ist ein Beispiel für Umweltbewusstsein und zeigt, dass das, was lange Zeit als rückständig galt, in Wirklichkeit eine Option für die Zukunft ist. Zahlreiche Cañadienser lassen das Auto in den Außenbezirken stehen (in Las Fuentes in Saragossa, zum Beispiel, oder jenseits der M30, wenn sie nach Madrid fahren), und nehmen dann ein Taxi oder einen Bus ins Zentrum. Andere bevorzugen das Parkhaus vom Corte Inglés.

Javier Millán, Bergmann im Vorruhestand, Gründungsmitglied des Jägervereins von Sierra de Arcos, Schützenkönig des Landkreises in den ungeraden Jahren seit 1985, Vizemeister in den geraden Jahren seit 1984 und der Patensohn von Tante Rosario, hundertzwanzig Kilo turolenser Speck und eine der Haupteinnahmequellen des Bierherstellers Ámbar, entschied sich für die erste Option, als wir wenige Stunden vor Beginn der Europatournee von Clyte Ramirez & The Sutpen Sisters in Barcelona ankamen.

Wir hatten zwei Eintrittskarten, eine Mission und wenig Zeit. Trotzdem machten wir noch einen Umweg, weil meine Tante mir aufgetragen hatte, für Tante Eulalia ein paar Gläser in Wein eingemachte Pfirsiche mitzubringen, so sei die Reise wenigstens zu etwas nutze.

Tagelang hatten wir darüber gesprochen, welchen Plan wir verfolgen sollten. Laut las ich mehrere Artikel über Clytemnestra Ramirez vor, die sich als eine Mischung aus Puertoricanern, Nachkommen von Sklaven, Spokane-Indianern und Freelance-Übersetzern entpuppte. Die von Javier favorisierte Variante sah vor, ins Konzert zu gehen, auf die Bühne zu springen und sie zu fragen, was zum Teufel sie sich dabei denke. Das hatten wir schon einmal gemacht, als der Sänger eines Orchesters mit einer aus dem Dorf rumgemacht hatte. Er wurde in die Viehtränke geworfen, dann wieder rausgezogen und gezwungen, weiterzusingen. Ich machte mich für eine etwas diplomatischere Lösung stark.

»Hör mal, warum willst du dir das Leben unnötig schwer machen«, sagte er.

Lourdes hielt es für die beste Lösung, mit jemandem zu reden, der sich um die Öffentlichkeitsarbeit der Sängerin kümmerte und für Public Relations zuständig war. Ich ging im Geiste meine Beziehungen durch und erinnerte mich an Jordi, einen Burschen aus Figueras, den man aus einem an die neuen pädagogischen Sensibilitäten angepassten Geschichtenerzählerprojekt meines Freundes Fidel gekickt hatte (anscheinend war er ziemlich schlecht) und der am Ende als hohes Tier im Kulturressort einer Gemeinde des Wandels gelandet war.

Ich sprach mit Fidel, erfuhr, dass er sich mit dem Gedanken trug, eine neue Partei zu gründen. Er gab mir die Nummer von Jordi und versprach, meinen Anruf anzukündigen.

So kam es, dass ich drei Tage später, kurz vor Beginn des Konzerts, Jordi gegenüberstand, mit dem wir uns draußen vor dem Veranstaltungsort verabredet hatten. Ich war von mir selbst beeindruckt: Wie schnell wir so weit gekommen waren! Ich bin ja ein Anhänger flacher Hierarchien und kollektiver Umdeutungsprozesse und ein Gegner verknöcherter Strukturen, dennoch dachte ich, dass ich hier Javier persönlich und als Repräsentanten aller Bürger von La Cañada meine Vernetzung und meine problemlöserischen Fähigkeiten plastisch vor Augen führen konnte.

Wir erklärten Jordi die Situation. Ich zog ein von uns vorbereitetes Dossier aus der Tasche, mit Informationen über die Tracht und das Dorf, machte deutlich, dass wir lediglich wissen wollten, woher die Tracht stamme, die Clyte trage, dass wir einfach nur sprechen wollten.

»Das mit dem ›nur sprechen‹ sehen wir dann«, sagte Javier.

Ein paar Sekunden lang starrte Jordi uns etwas entgeistert an, mit dem untrüglichen Gesichtsausdruck eines Mitglieds deiner Schwiegerfamilie, das du bittest, dir eine Wassermelone zum Masturbieren zu leihen. Dann sagte er, er werde sich darum kümmern, dass das Dossier an jemanden aus dem Beraterstab von Clyte übergeben wird.

Ich sagte großartig, vielen Dank.

»Wie?«, fragte Javier. »Das geben wir ihr persönlich!«

Jordi sagte, das sei unmöglich, Clyte werde durch ihre Entourage völlig abgeschottet, sie sei ein berühmter Star, undenkbar, an sie ranzukommen. Wenn wir darauf bestünden, könne er höchstens versuchen, es jemandem aus ihrem engeren Kreis in die Hand zu drücken, jemandem aus ihrem Team, mit dem wir uns danach treffen könnten.

Ich sagte, das fänden wir klasse.

»Gib erst mal mir die Mappe, du Penner«, sagte Javier.

Das Konzert begann. Jordi verschwand. Wir hörten einige ihrer Songs: Voller Energie und spektakulärer Choreografien. Clyte tanzte und sang in der traditionellen Tracht von La Cañada, ihre Songs kreisten hauptsächlich um ungefähr drei Themen. Aus meiner Sicht waren sie zu kommerziell, aber das war ja unvermeidlich, immerhin musste ich zugeben, dass ihr der ungewöhnliche Verdienst zukam, die Stereotypen von Kultur, Rasse und Geschlecht neu zu interpretieren und die mit dem Kanon verbundenen Erwartungen auf eine Weise zu unterlaufen, die ebenso unmittelbar massentauglich wie zutiefst unironisch war.

»Der ist stark«, sagte Javier, als einer der Songs erklang. »So viel steht mal fest.«

Dann absentierte er sich ein bisschen und lehnte an einer Absperrung. Er verfolgte das Konzert, aber mit einem in sich gekehrten Ausdruck. Nach der ersten Zugabe wirkte er wie ein von Kummer geplagtes Lämmchen.

»Wir finden schon einen Weg, an sie ranzukommen«, sagte ich.

»Bah«, antwortete er. »Was sag ich bloß Tante Rosario ...«

Wir gingen nach draußen, er zündete sich eine Zigarette an.

»Wir können auch noch mal mit Jordi sprechen. Oder dort rüberspringen und uns heimlich reinschmuggeln.«

Er antwortete nicht.

»Oder mit Luis Alegre, dem aus Lechago«, sagte ich.

»Nichts zu machen.«

Dann weckte etwas seine Aufmerksamkeit. Er legte den Kopf in den Nacken und stieß einen eigentümlichen Gruß aus.

»Yippie!«

»Yeah!«

Dort, auf der anderen Seite, stand ein Typ mit Weste, dunkler Sonnenbrille und dem Platzbedarf eines Kühlschranks einer fundamentalkatholischen Opus-Dei-Familie. Javier ging zu ihm, sie begrüßten einander herzlich. Es entspann sich folgender Dialog:

»Yippie!«

»Yeah!«

Später erzählte mir Javier, der Typ sei Norman Petrescu, mehrere Sommer lang Chef einer Schwadron Schafscherer aus Osteuropa, die durch die Dörfer von Teruel zog. Anscheinend hatten Javier und er gemeinsam einige denkwürdige Besäufnisse durchgestanden.

Norman hatte irgendwann vom Schafscheren die Schnauze voll gehabt und auf anderen Geschäftsfeldern sein Glück versucht. Ich verstand nicht genau, was er sagte, aber es klang so, als hätte er sich auf Metallverarbeitung verlegt (irgendwas mit Kupfer, glaubte ich zu verstehen) und wäre später eine Weile in einer Bank tätig gewesen. Man denkt, man kennt sich aus, und ist doch immer wieder überrascht, zu welchen Arbeitszeiten und prekären Beschäftigungsverhältnissen die neoliberale Gesetzgebung die Leute verdammt. Wie sollen sie sich auf diese Weise ein eigenes Leben aufbauen, Kinder kriegen, zu einer Haltung finden, die die postmaterielle Sorge einschließt, wenn die materielle Basis so unsicher ist? Jedenfalls schien sich Norman in der neuen Arbeit wohlzufühlen, als Verantwortlicher für die Sicherheit bei Konzerten. Nach dem, was er erzählte, war das Arbeitsumfeld sehr unterhaltsam und inklusiv,

Leute verschiedener Nationalitäten mit ihren je eigenen Gefühls-haushalten.

»Und was treibst du hier, alter Hurensohn?«, fragte er liebevoll.

»Wer ist denn der Arsch da?«, sagte er und zeigte auf mich.

Javier erzählte ihm von unseren Problemen. Zeigte ihm die Mappe.

»Von deiner Tante?«, fragte er.

»Patentante.«

Norman war gleichzeitig verärgert und gerührt.

»Es gibt keine Gerechtigkeit auf der Welt. Es gibt keine Gerech-tigkeit, Scheiße.«

Er trat seine Kippe aus.

»Dann wollt ihr also mit Clyte sprechen? Hier geht's lang«, sag-te er.

DIE LIEBENDEN VON TERUEL

Norman brachte uns in den Backstage-Bereich von Clytemnestra Ramirez. Ich war etwas abgelenkt durch den Lärm, Javier auch, schien mir. So viele Leute auf einem Haufen habe er nur bei einem Spiel von Saragossa gesehen, als die noch in der ersten Liga waren, kannst dir also vorstellen, dass das lange her ist, sagte er zu mir. Das energetische Feuerwerk von Clyte und den Sutpen Sisters hatte mich geschafft: Ich war wie benebelt, und mir dröhnte der Kopf, so wie dann, wenn meine Tante mir unser Verwandtschaftsverhältnis zu irgendwelchen Leuten aus dem Dorf erklärte.

Jemand aus dem Team kam zu uns, nachdem er mit Norman gesprochen hatte. Er fragte, was wir wollten. Ich fing an, ihm die Sache zu erklären, aber es kam mir so vor, als verstünde er nicht recht, was ich meinte, und hatte das ungute Gefühl, dass die Zeit, die uns blieb, bevor sie uns rauswarfen, knapp wurde. Da hörte ich hinter uns eine Stimme.

»*Who are you?*«

Javier und ich fuhren herum.

Da stand Clytemnestra Ramirez. Ich bin mir vollkommen bewusst, dass Schönheit ein kulturelles Konstrukt ist und ästhetische Highlights die Instrumente der Unterdrückung im Dienste des kapitalistischen Systems sind, aber ehrlich, so aus der Nähe betrachtet, haut einen so etwas dann doch ganz schön aus den Socken.

Sobald er mir wieder einfiel, nannte ich ihr meinen Namen und auch den von Javier. Ich gratulierte ihr zu dem Konzert, Javier nickte, obwohl ich mir nicht sicher bin, ob er viel mitkriegte. Sie fragte, woher wir kämen.

Aus La Cañada, sagte ich, in den Ausläufern des Maestrazgo, Teruel. An dem Punkt kam die Unterhaltung etwas ins Stocken. Ich erklärte, es handele sich um einen Ort von großem landschaftlichem Wert, hochprozentiger Blutsverwandtschaft, noch hochprozentigerem Alkoholkonsum und einem weit verbreiteten Hang zum Glückspiel.

»Ein Indianerreservat?«

»Mehr oder weniger«, erwiderte ich.

»*Like a Native American reservation, but in Spain*«, sagte Javier.

Clytemnestra Ramirez sah Javier an und sagte:

»Ich dachte, du seist stumm.«

»Und ich, dass du kein Englisch kannst«, sagte ich.

»Das ist wegen Movistar, ich hab das mal aus Versehen auf Englisch umgestellt und wusste nicht, wie man das wieder ändert.«

Clytemnestra stemmte die Hände in die Seiten und beobachtete unsere Unterhaltung.

»Okay, kommt mit und erzählt mir, worum es geht.«

Wir fuhren mit ihnen in das Hotel, wo sie untergebracht waren, Clyte, die Sutpen Sisters und die Musiker. Es gab einen Empfang mit Häppchen und Getränken. Clyte begann, Javier regelrecht auszufragen. Er sollte ihr das Dorf beschreiben, ihr erzählen, was er beruflich mache. Und ständig fragte sie ihn, ob er noch etwas essen wolle, noch ein Bier möchte. Ab und zu fühlte ich mich so überflüssig wie eine weitere Spaltung innerhalb der Linken in Madrid, aber sie haben mir mal erklärt, dass ich davon nichts verstehe, und als ich Clyte nach den Problemen fragte, mit denen sich eine rassifizierte Künstlerin konfrontiert sehe, und ob sie manchmal das Gefühl habe, von einem Großteil des Publikums, jene Kreise selbstverständlich eingeschlossen, die sich selbst für progressiv hielten, mit Herablassung wahrgenommen zu werden, drückte mir Javier die Autoschlüssel in die Hand und sagte:

»Los, verzieh dich.«

Ich zögerte einen Moment. Durfte ich meinen Kameraden hier allein lassen, in dieser heiklen und potenziell gefährlichen Situation? Gibt es eigentlich eine maskuline Form von Schwesterlichkeit?

»Willst du wirklich, dass ich gehe?«

»Pass auf mit dem Vierten, der geht manchmal nicht rein.«

»Okay.«

»Und denk an die Radarfalle auf der langen Geraden vor Híjar, nicht dass die uns blitzen.«

Alles Weitere ist mehr oder weniger bekannt, nicht nur in La Cañada, sondern in weiten Teilen der Welt. Einige Tage später staunten die Follower der Sängerin auf Instagram, als sie sahen, wie sie Rührei mit Longaniza frühstückte und dabei ein seltsames violettes Kleidungsstück trug, das für jeden, der einmal das Fest des Schutzheiligen von La Cañada besucht hat, unschwer als das Hemd des Vereins La Boina erkennbar ist. Es gab einige Diskussionen darüber, ob es sich um echte Longaniza oder eine Imitation aus Seitan handelte und ob sie unter dem Hemd etwas anhatte.

Letzteres provozierte eine Debatte in einer meinungsbildenden progressistischen Zeitschrift: Ein Artikel warf die Frage auf, ob es aus feministischer Sicht akzeptabel war, ohne BH zu frühstücken, und es wurden mehrere Gender-Expertinnen zurate gezogen. Die Gesellschaftsseiten der Zeitungen spekulierten bald über die Identität des stämmigen Kerlchens mit der Scheitellichtung und der sonnengeröteten Haut, der, eher breit als hoch, auf einigen Fotos zu sehen war, die in der Gegend von Matarraña, in Albaracín und im Hostal de las Truchas nahe Villarluengo aufgenommen waren; oder der mit einem Bier in der Hand von der VIP-Zone aus verzückt Clytes Konzerte verfolgte und dabei die klassische Pose der Stammgäste der Bar an der Hauptstraße von La Cañada einnahm: Oberster Hemdenknopf offen, Ellbogen auf den Tresen gestützt, ein Bein etwas angewinkelt und der Oberkörper leicht nach hinten geneigt, damit die beruhigende Solidität seines Wanstes gut zur Geltung kam.

Clytemnestra Ramirez verbrachte ein paar Tage im Dorf, und in einem Akt von außergewöhnlicher Permissivität erlaubte Almerinda, die Mutter von Javier, dass sie im selben Zimmer schliefen, obwohl sie nicht verheiratet waren (das weiß man von Almerinda selbst, die das gern rumerzählte). Sie erholte sich von der Europatournee, und er zeigte ihr die Gegend. An einem Nachmittag sah man sie einen Spaziergang nach Santa Ana machen, und einen Abend verbrachten sie in der Bar von Lourdes, im Allgemeinen aber machten sie ihr Ding.

Der Fotograf einer Zeitschrift kam ins Dorf und schlich ihnen nach. Kurz darauf landete er mitsamt seiner Kamera in der Viehtränke. Er erstattete Anzeige gegen unbekannt, aber jeder wusste, wer ihn hineingeworfen hatte. Als die Guardia Civil mich befragte, sagte ich, es müsse jemand von außerhalb gewesen sein.

Ein völliges Rätsel.

»Tja, was willst du machen?«

Das war, was Javier uns Monate später in einem seiner seltenen Anfälle von Redseligkeit in der Bar von Lourdes erklärte. Javier war eine Zeit lang in den Vereinigten Staaten gewesen, hatte in den Häusern von Clyte in New York, New Orleans, auf Long Island und in Los Angeles gelebt. Dann aber, wie er uns mit dieser Bemerkung zu verstehen gab, sah er sich mit jenem Problem konfrontiert, das Alfred Hitchcock einst François Truffaut erklärt hatte, als sie über *Berüchtigt* sprachen: den klassischen Konflikt zwischen Liebe und Pflicht. Javier war im Vorruhestand, hatte aber viele Verantwortlichkeiten. Er war Präsident des Vereins der Jäger von La Cañada. Alle vierzehn Tage brachte er seine Mutter und seine Tante Rosario ins Gesundheitszentrum. Mit seinem Bruder kümmerte er sich um eine Hundemeute, die in Form gehalten werden musste. In diesem Jahr war er außerdem Schatzmeister des Vereins La Boina und Mitglied des Festkomitees. Er besaß also eine Reihe von Verpflichtungen, die mit einem Leben im Ausland unvereinbar waren. Das hatte am Ende zu der Trennung geführt.

Und so erschien Javier eines Nachmittags zur Stunde der Kartenspiele in der Bar von Lourdes mit einem Rollkoffer und einer Plastiktüte, bestellte ein Bier und setzte sich zu uns, um Guiñote zu spielen.

»Und was ist jetzt mit Clyte?«, fragte ich ihn.

»Tja, was willst du machen?«, antwortete er.

Ein paar Monate später veröffentlichte Clytemnestra Ramirez ein neues Album, *Iteration & Heartbreak*, nach Meinung vieler ihre bis dato beste Arbeit. Die Parodie der kulturellen Aneignung von »Latin Rhythm« auf der Grundlage von Vergils *Aeneis* provozierte einen heftigen Streit von zehn Minuten Länge (die kulturelle Aneignung ist eine Art Liebeserklärung, sagte ein Sprecher der Sängerin). Aber der berühmteste Song ist jener, der dem Album seinen Namen gab:

I thought I was an emancipated bitch
I didn't know I could feel that itch
That I'd feel the joy and I'd feel the pain
Thinking about your empty Spain.

[...]
So maybe you are now in some winding road
Or in some wood killing a boar
Drinking a beer and then some more
Or in a march saying Teruel exists
And I remember the first night we kissed
I don't want to forget, don't think I can
My Maestrazgo man.

Mit leichter geografischer Unschärfe, aber enormer klanglicher Wirkung endet »Iteration & Heartbreak« im Donner der Trommeln von Calanda. Wir, die wir Javier kannten, fanden noch eine Reihe anderer, über die Platte verteilter Anspielungen, beispielsweise die Zeile »Harder to find than Aragonese subtlety«. »Universal Mountains« ist eine erotogeografische Komposition, begleitet von etwas, das ein Madrider Kritiker als »authentischen Electro Rock« bezeichnete. »Night of the Hunter« war keine Hommage an einen Hollywood-Klassiker, sondern eine Anspielung auf den Lieblingszeitvertreib von Javier, der seither in La Cañada den Spitznamen »Der Muse« trägt.

Aber das geschah wie gesagt etwas später. An dem Abend, als Javier ins Dorf zurückkehrte, beendeten wir die Partie und gingen zusammen zu seiner Tante Rosario. In einer Plastiktüte hatte Javier die traditionelle Tracht von La Cañada dabei, die uns Monate zuvor im Fernsehen, im Bericht über die Europatournee von Clytemnestra Ramirez, an ihr aufgefallen war.

Tante Rosario saß dösend auf dem Sofa.

»Sehen Sie das hier?«, fragte Javier.

»Ist sie nicht fesch? Die haben wir damals im Sepu gekauft, war außerdem im Angebot, und ich habe sie dann etwas umgearbeitet«, sagte sie.

»Im Sepu?«, fragte ich.

»Ja, mein Junge, ja.

»In dem Geschäft?«

»Ja.«

»Sepu, wie diese Kaufhäuser?

»Gibt es sonst noch einen Sepu?« Sie sah Javier an. »Hast du nicht gesagt, der würde sich in der Welt auskennen?«

»Sind Sie ganz sicher?«, fragte ich.

»Heiliger Bimbam! Natürlich haben wir es dort gekauft. Ich erinnere mich haargenau, dort gab es die ersten Rolltreppen in ganz Saragossa.«

SOZIALE REVOLUTION IM LEEREN SPANIEN

Aus Santiago Esponera Martínez de Isábenas Tagebuch

Der VW Touareg, laut Infoplease das umweltschädlichste Auto des Jahres 2019, näherte sich auf gewundener Landstraße dem engen Flusstal des Guadalope. Ich (zuversichtlich, voller Hoffnung, patriotisch, loyal) war noch immer furchtbar schlecht gelaunt, weil wir vor Kurzem unterhalb der Órganos de Montoro vorbeigefahren waren, einer spektakulären Gebirgsformation, die zweifellos eine bewundernswerte göttliche Schöpfung ist, deren Name mich aber hochgradig nervös macht. Ich muss dabei immer an diesen verkappten Sozialdemokraten Cristóbal Montoro denken, der die Steuern erhöht hat und unter dessen etatistischem Joch wir so viele Jahre geächzt haben.

»Mach nicht so ein Gesicht, Santi«, hatte Piedad zu mir gesagt, als wir das erste Mal hier vorbeifuhren, an einem Nachmittag im Sommer. »Wo du so ein hübsches Lächeln hast.«

Piedad. Piedad Remacha, Generalsekretärin der Partei; Piedad, kräftig-herb wie die Weine aus Cariñena, bevor die australischen Önologen kamen und sie verhunzten; Piedad, stark wie ein Mensch, der viele Male gestürzt ist und sich jedes Mal wieder aufgerappelt hat, der weiß, dass das Leben ein beständiger Kampf ist; Piedad, die an mich geglaubt hat, als ich noch ein Niemand war, eine traurige Gestalt, ein ziemlich hoffnungsloser Fall im Tanzlokal Second Chance an der Kreuzung Domingo Miral und Fernando el Católico, lange vor der Erfindung von Tinder; und jetzt schau mich an, die Nummer zwei auf der Liste für den Bezirk Teruel, praktisch ohne Aussicht auf Erfolg, das stimmt, aber die Wege der politischen Willensbildung sind unerforschlich; Piedad, die mir an jenem Sommernachmittag im VW Touareg ein Lächeln entlockt hatte; Piedad, die so fest an mich glaubte, dass sie ihren Bruder, den Trottel von Eduardo, davon überzeugt hatte, mich auf meiner Tour durch die Dörfer zu begleiten und sich bei meinen Reden um die Lautsprecheranlage zu kümmern.

»Was zum Teufel ist das?«, sagte ich, als ich in der Ferne Rauch aufsteigen sah, immer deutlicher, je näher wir kamen.

Ich hielt auf dem Seitenstreifen und griff zum Fernrohr. Früher hatte ich es benutzt, um die Stare zu kontrollieren, und jetzt diente es mir dazu, vom Fenster aus die Straße zu beobachten, da sich letztens jede Menge Schwuchteln bei uns im Viertel herumtrieben. Die Sicht war schlecht, aber ich erkannte in der Ferne eine republikanische Fahne und einen immer dunkler werdenden Rauch.

Wir stiegen wieder ins Auto, und ich drückte aufs Gas, bis wir im Dorf ankamen. Wir versuchten mehrfach, anzurufen und unsere Kameraden zu warnen, aber es gab keinen Empfang.

Wir nahmen die Hauptstraße ins Zentrum, ich parkte bei erstbester Gelegenheit (vor der Apotheke), und wir rannten in die Richtung, aus der der Rauch kam.

Ein furchtbares Schauspiel bot sich uns. Etwas, wovon ich gehofft hätte, dass ich es nie würde erleben müssen.

Auf dem kleinen Platz vor der Kirche hatten junge Leute religiöse Gemälde aufgeschichtet und in Brand gesteckt.

Wie Tiere, wie gotteslästerliche Bestien, schauten Leute aller Altersgruppen zu und weideten sich an dem Spektakel. Manch einer filmte oder fotografierte mit seinem Handy.

Über allem wehten die Fahnen der Republik und des CNT.

Es geschah, was ich immer befürchtet hatte. Habe ich es nicht immer gesagt?

Und alle dann: Du übertreibst, Santi, du übertreibst. Das sind nur Kulturkämpfe. Nadelstiche. Cleavage-Effekte. Symbolpolitik.

Von wegen!

Ich spürte plötzlich eine tiefe Traurigkeit und hatte ein Gefühl unmittelbar bevorstehender Apokalypse, empfand aber auch die bittersüße Freude, die dich durchströmt, wenn du erfährst, dass du recht hattest. Gern hätte ich das meiner Ex am Telefon unter die Nase gerieben, aber das ließen der schlechte Empfang und das Kontaktverbot nicht zu.

Wir machten kehrt. Es gab ein Revier der Guardia Civil in Gargallo, dort mussten wir augenblicklich Alarm schlagen. Aber als wir um die Ecke bogen, stand da schon ein Wagen der Guardia Civil. Seelenruhig schauten die Beamten zu, wie es brannte. Einer rauchte, der andere filmte mit dem Handy. Sie schenkten uns keinerlei Aufmerksamkeit. Sie steckten also unter einer Decke.

Plötzlich wurde mir alles klar. Ich packte Eduardo am Arm: Wir mussten unauffällig handeln.

In dem Moment hörte ich eine barsche, aggressive Stimme.

»Heilige Nutte Gottes! Seid ihr bescheuert? Macht den verfickten Weg frei!«

Es war eine junge Frau, eher mollig, halbwegs sportlich gekleidet, die da so herumschrie. Ihre Blasphemie ging mir gegen den Strich, und ehrlich gesagt ärgerte mich ihr herrischer Ton.

Meine Hand fuhr zum Gürtel, und ich stellte fest, dass es ein Fehler gewesen war, die Smith & Wesson nicht mitgenommen zu haben. Aber der Gedanke, die Kinder, klein, wie sie waren, ohne Schutz zurückzulassen, gefiel mir nicht. Ich bin nicht ruhig, wenn keine geladene Waffe im Haus ist.

Ich hob die Hände und sah Eduardo in die Augen. Armer Junge. Was sollte ich seiner Schwester sagen, wenn ihm etwas zustieß?

»Das ist die soziale Revolution, Edu.«

Er umarmte mich.

»Bahn frei, zum Teufel.«

Daraufhin hörte man eine andere Stimme. Sie hatte einen starken ausländischen Akzent.

»Wart mal. Pass auf. Ich mach dir 'n Vorschlag.«

Aus dem Heft des Hipsters

Ich brauchte einen Moment, um die Stimme wiederzuerkennen. Ich hatte ewig nichts von ihm gehört.

»Wie geht's, Alter?«

Wer hätte gedacht, dass sich Benigno Balarrasa, Benny für seine Freunde, vom einstigen Obermacho meiner Schule zu einem der bedeutendsten Filmproduzenten des spanischen Kinos mausern würde? Nun hatte er schon immer geschäftsmännisches Talent bewiesen und beispielsweise im Haus seiner Großmutter eine Cannabis-Pflanzung angelegt, auch wenn er das Projekt wieder abblasen musste, als seine Oma, die dachte, es handele sich um Basilikum, mal eine ganze Pflanze zum Kochen verwendet hatte und anschließend im Krankenhaus gelandet war. Auch zeigte er ein frühes Interesse für die audiovisuelle Welt: Zum Beispiel installierte er eine Kamera im Büro des Schuldirektors und filmte ihn beim Techtelmechtel mit der Sportlehrerin. Trotzdem, der Direktor zeigte sich nicht nachtragend: Benny, bislang ein ziemlich mittelmäßiger Schüler, bekam seitdem tatsächlich nur noch Bestnoten. Er hatte es geschafft, diese Konditionierungen zu überwinden, womit bewiesen ist, dass es uns allen möglich ist, mit etwas Geduld, Selbstvertrauen und Liebe zur Sache unseren Platz in der Welt zu finden.

»Traumhaft, großes Kino, im wahrsten Sinne des Wortes. Haha. Du weißt schon, dieser Job ist der Ruin. Ich wäre besser in die Politik gegangen, so wie du. Aber gut, ich bin happy, weil wir gerade diesen Film mit Max machen, und das ist voll geil.«

»Max?«

»Werner Diddledock, seine Freunde nennen ihn Max.«

»Red keinen Mist!«

»Doch, echt.«

»Du produzierst *Im Schützengraben Freunde haben*?«

»Ja, na gut, offiziell meine Frau, aber nur, weil wir so bessere Karten für die Förderung haben, du weißt ja, wie das mit dem Feminismus läuft.«

»Ah, klar.«

»Aber gut, Alter, was willst du machen, man muss mit der Zeit gehen. Sich weiterentwickeln. Jedenfalls wird das der totale Hammer. Du weißt ja, Übertreibungen sind nicht so mein Ding, aber ich glaube, das wird mal der definitive Film über den Bürgerkrieg.«

»Nicht ganz leicht so was ...«

»Alles dabei. Das Brudermörder-Ding, der Kampf innerhalb der Linken, das Eingreifen der Achsenmächte, Klöster, die niedergebrannt werden, vergewaltigende Araber, Málaga, Badajoz, die Festung von Toledo, die Verteidigung von Madrid, die internationalen Brigaden, die Kolonne Durruti, der Engländer, der kommt und sich in die junge spanische Milizionärin verliebt, Belchite, Teruel, der Jude aus Brooklyn mit der runden Brille, die Schlacht am Ebro, der

Stalinismus, Robles Pazos, Hemingway, Orwell, Lorca, Elena Fortún, Chaves Nogales, Unamuno, Millán Astray, Simone Weil ...«

»Simone Weil?«

»Ja, halt so eine Art Who's Who des Bürgerkriegs.«

»Wer spielt Simone Weil?«

»Der Name fällt mir grad nicht ein. Eine Deutsche mit großen
Glocken, so viel steht fest.«

»Nicht eben die naheliegendste Wahl für Simone Weil, oder?«

»War wegen der Co-Produktion.«

»Gut, aber ...«

»Das ist Kino, Alter, wirst schon sehen ... Stell dir ein Crossover
von *1900* und einem Marvel-Blockbuster vor, verstehste?«

»Klar, verstehe.«

»Jedenfalls, warum ich anrufe, wir suchen noch ein paar Locations für die Front von Aragon, und La Cañada ist perfekt. Also, kurz
gesagt, ich wollte dich bitten, ob du uns helfen könntest, jetzt wo du
da der große Zampano bist.«

»Ha, von wegen!«

»Bürgermeister, immerhin! In der Schule damals wurdest du
nicht mal in die Pausenhofmannschaft gewählt.«

Ich habe Ja gesagt. Natürlich. Unglaublich! Werner Diddledock
in La Cañada. Einer der letzten großen Meister. Der Regisseur des
Familiendramas *Ströme von Blut* (1979) und der sarkastischen Komödie *Ein Mann ohne Hoffnung* (die als *Reise ohne Gepäck* 1980 in
die spanischen Kinos kam); nach Verlassen der DDR folgte die berühmte Trilogie *Peter* (1984), *Paul* (1986) und *Mary* (1987), dann die
zoologische Kapitalismusparabel *Ant and Rant* (*Der ewige Scheiterhaufen*, 1992) und der marxistische Western *Dry Lightning* (*Geschmack von Kalk und Sand*, 1995). Seine letzten Filme – darunter
Gig Economy (*Jack am seidenen Faden*) und *Starving Children* (*Der
Präsident, der Wunder wirkte*) – waren stark kritisiert worden, mir ge-

fielen sie nach wie vor. Eine Zeit lang wollte ich selbst zum Film. Ich mochte die Mischung aus Profis und Laiendarstellern in seinen Filmen, die kontrollierte Improvisation der Handlung, die Radikalität der Inszenierung. Das Leben hat mich auf andere Schienen gesetzt, aber seine Filme waren fundamental für meine Weltanschauung und mein Verständnis von politischem Engagement.

Werner Diddledock in La Cañada. Ich kann es noch immer nicht fassen.

Aus Santiago Esponera Martínez de Isábena Tagebuch

Der Fremde hat uns gewinkt, wir sollten näher kommen. Er ist ein alter, hochgewachsener Mann in einem offenen orangefarbenen Hemd über marineblauem T-Shirt. Eine Brille mit grauem Metallgestell hing an einem Band um seinen Hals. Er hatte die Ärmel hochgekrempelt, und man sah eine Tätowierung, einen Schriftzug, den ich aber nicht lesen konnte. Sie begegnen ihm mit Respekt, er scheint der Chef zu sein.

»Wie ist dein Name«, fragte er mich.

»Santiago Esponera Martínez de Isábena«, habe ich geantwortet, »Spanien zu Diensten. Das da ist Eduardo.«

»Eduardo Remacha.«

Er hat uns eine Weile aufmerksam angeschaut. Dann kniff er mich in die Wange.

»Hey, wollt ihr zwei mitmachen bei der Debatte?«

»Bei welcher Debatte?«, fragte ich.

»Der über die Kollektivierung. In einer Stunde oder so. Wo noch mal?«

»Auf dem Platz«, sagte das Mädchen, das uns angeschrien hatte.

»Also wenn ihr die Hosen voll habt, dann nicht ...«

»Ein Spanier hat vor nichts Angst«, habe ich geantwortet.

»Mensch, Santi, vor nichts ... das ist ein großes Wort ...«, hat Eduardo eingewandt.

»Dann los, da drüben könnt ihr euch ein Bocadillo holen oder was anderes. Was ihr wollt«, sagte er.

»Und was machen wir, wenn wir sie nehmen?«, fragte das Mädchen? »Das könnte später Probleme geben.«

»Keine Sorge«, hat der Alte gesagt, »wenn sie zu gut sind, erschießen wir sie.«

Er boxte mich freundschaftlich in die Seite. Alle lachten. Eduardo auch, armer Idiot.

Mit vollem Bauch konnte ich mir noch mal alles durch den Kopf gehen lassen. Die Situation, ihr intrinsisches Wesen, wie mein Lehrer Don Victorián sagen würde, ist hoffnungslos, aber komplex, oder umgekehrt. Vorläufig behandeln sie uns gut. Trotz der Anspannung merkt man, dass sie gut drauf sind: Sie scherzen, es herrscht eine kameradschaftliche Atmosphäre. Sie sind sich ihrer Sache so sicher, sind so stolz, dass sie alles filmen, was sie tun. Ich wollte Eduardo schon sagen: Die Revolution wird im Fernsehen übertragen. Aber das hätte er nicht kapiert. Wenn Piedad doch hier wäre.

Dann haben sie uns zu einer herrschaftlichen Villa am Platz gebracht. Soweit ich verstanden habe, gehörte sie jemandem aus dem Dorf, der enteignet worden war. Und später sagen sie dann, sie seien keine Chavisten mehr, sondern Sozialdemokraten, Umweltschützer, Barmherzige Schwestern: Ihr mich auch! Man spürt die revolutionäre Erregung, die in der Luft liegt, Leute, die auf dem Platz hin und her laufen, von Lieferungen sprechen, mit Kabeln und Apparaten, ein kommunaler Geist, erwachsen aus einem gemeinschaftlichen Vorhaben und einer Menge selbst gedrehter Zigaretten.

Die Debatte fand dann doch in der Villa statt. Es ging um die Landverteilung: Kollektivierung oder nicht. Die Diskussion war hitzig, wenn auch nicht immer verständlich. Manchmal schienen mir die Bezüge etwas antiquiert. Mussolini, Stalin, Hitler, Franco. Ich bin der Erste, der die Moderne hasst, der die Zeiten vermisst, in denen es noch Respekt gab und man seine Haustür nicht abschließen brauchte, ich sage ja auch immer, dass wir von den Älteren noch viel lernen können. Aber ich fand, dass sie etwas zu antiquiert waren in ihrer typisch linken Obsession für Vergangenheit.

Am Anfang hat eine Frau aus dem Dorf gesagt, sie sei für die Kollektivierung. Ein älterer Mann sagte daraufhin, er habe mit einem kleinen Stück Land angefangen und es durch jahrelanges Arbeiten von früh bis spät geschafft, seine Erträge zu steigern, sodass die Kinder studieren könnten, einer sei nach Barcelona gegangen und alles. Ein junger Mann fuhr dazwischen und sagte: »Aber, Papa, siehst du nicht, wie toll das ist? Mit dem Land, das wir haben, und mit dem, was wir durch die Kollektivierung bekommen, stehen wir besser da denn je.« Während der Junge heftig argumentierte, hat der Vater ihn bloß skeptisch angeschaut und gesagt: »Junge, du bist stur wie eine Katze.«

Ein junger Bursche sagte, für größere Anbauflächen lohne sich auch die Anschaffung von Maschinen, mit denen sich die Arbeit leichter erledigen lasse. Ein anderer hat erwidert, es sei wichtig, sich auf die großen Ziele zu konzentrieren und sich nicht mit zweitrangigen Fragen aufzuhalten: Jede Ablenkung würden die Feinde der Revolution sofort ausnutzen. Einer mit Brille hat gesagt, die Revolution müsse ständig weitergehen, dürfe sich nicht verbürokratisieren, sonst sei sie von bürgerlichen Regimen nicht zu unterscheiden. Das bekam einigen Beifall. Ich bin aufgestanden und habe auf das moralische Risiko hingewiesen. Würden wir etwa alle gleich viel arbeiten, hätten wir etwa alle die gleichen Fähigkeiten und die gleiche Lust zu arbeiten? Und weil das nicht so war, konnte es leicht Leute geben, die das ausnutzten, um von denen, die arbeiten, zu schmarotzen, und überhaupt, hatten wir überhaupt alle dasselbe Ziel? Gehen wir ins Restaurant und bestellen alle das gleiche Essen? Ah, nein, da wollen wir dann schon verschiedene Sachen, nicht wahr? Nur Eduardo hat geklatscht, dem ich das befohlen hatte, aber in diesem besonderen Fall hätte sich die Wahrheit besser still verhalten, sein Klatschen machte es nur noch schlimmer; ich gab ihm Zeichen, aufzuhören, aber der Arme ist noch unterbelichteter als ein ganzer afrikanischer Kraal.

Eine Frau aus dem Dorf hat gesagt, jeder solle nach seinen Fähigkeiten geben, jedem nach seinen Fähigkeiten gegeben werden. Wichtig ist, dass wir den Krieg gewinnen, hat ein anderer gesagt. Es ist notwendig, heute zu steigern die Möglichkeiten zu sterben, wir müssen leben mit Schuld beim notwendigen Ermorden, hat ein anderer gesagt, ein Ausländer. Ein Mädchen hat dagegen gesagt: »Eine solche Atmosphäre macht das Ziel des Kampfes bald zunichte. Denn man kann das Ziel nicht anders formulieren, als indem man es auf das Gemeinwohl zurückführt, auf das Wohl aller«, und ein hochgewachsener Nordeuropäer hat etwas gesagt wie dass er Angst hat vor dem Moment, in dem die objektive Wahrheit aus unserer Welt verschwindet. Ha, als hätten sie nicht kräftig mitgemischt bei der Verunglimpfung unseres katholischen Vaterlandes mit ihrer »Schwarzen Legende«, diese Schweinebande. Und heute kommen sie an und beklagen sich über Fake News. Und was bitte war mit der Explosion der Maine? Ich hatte nicht übel Lust, dieser lutherischen Arschgeige gehörig die Leviten zu lesen, aber man muss unauffällig bleiben: »Ruhig, Santiago«, habe ich mehrfach leise zu mir selbst gesagt.

Es wurde vorgeschlagen, über die Frage der Kollektivierung per Handzeichen abzustimmen. Daraufhin sagte einer, seiner Ansicht nach setze die erhobene Hand andere unter Druck, Dynamiken von Macht und Reputation kämen ins Spiel, die die Freiheit einschränken würden. Es wurde eine Abstimmung darüber vorgeschlagen, wie abgestimmt werden solle. Eine Frau sagte, sie sei sich nicht sicher, ob das die Art der Lösungsfindung sei, die wir anstrebten. Ein anderer erinnerte daran, dass ein Votum in jedem Fall ein sehr unterkomplexes Instrument sei, um Grundsatzentscheidungen zu treffen. Die Debatte wurde wieder hitzig, und am Ende beschloss man, morgen mehrere Abstimmungen abzuhalten (eine zusätzliche noch darüber, ob die Abstimmungen bindenden Charakter haben sollen). Die Leute wirken zufrieden, sagen, die Debatte sei ein Erfolg gewesen. Wenn das so ist, frage ich mich, wie ein Misserfolg aussehen würde.

Aus dem Heft des Hipsters

Soweit ich weiß, zeigten sich die Leute aus dem Dorf über die Dreharbeiten hocherfreut, glücklich, dass in La Cañada ein Film gedreht wurde. *Libertarias* von Vicente Aranda war ganz in der Nähe entstanden, und das hatte für bittere Stimmung gesorgt, weil unsere Landstriche viel schöner sind: Das sage ich nicht als Bürgermeister, das duldet einfach keinen Vergleich! Der Gasthof füllte sich, und die Leute mieteten Zimmer in Privathäusern. Ich rief Silvina Domingo an, die Chefin des Shanghai, weil sie und meine Tante, was Logistik betrifft, die größten Expertinnen der Gegend sind; sie versicherte mir, die Hauptdarsteller könnten sich gern in ihrem Etablissement einquartieren, das ja das »piekfeinste des ganzen Dorfes« sei.

Im Saal des Rathauses zeigten wir alle Filme von Werner Diddledock, die ich auftreiben konnte. Anschließend luden wir zu

Filmbesprechungen ein, mussten die Sitzungen jedoch nach drei Stunden abbrechen, weil die Leute so etwas nicht gewöhnt waren und auch nicht wollten, dass wir die Sache zu sehr vertieften.

Das Leben hat mir meine Treuherzigkeit etwas verleidet; mit der Zeit lässt die Begeisterung, bewunderte Menschen kennenzulernen, doch etwas nach. Dabei ist es nicht so, dass es mir an Gelegenheiten gefehlt hätte. Jonas Mekas habe ich im Cine Doré gehört, Adam Zagajewski und Ana María Matute im Studentenwohnheim, Germaine Greer in Norwich – das war in meinem Erasmus-Jahr, ich hatte mich in eine kanadische Feministin verliebt, der Eintritt kostete zwölf Pfund, ich hatte sie eingeladen, und am Nachmittag vorher gab sie mir den Laufpass, sodass ich allein hinging, und tatsächlich war ich etwas angeschlagen, hatte Mühe, etwas zu verstehen, mit meinem Englisch und so weiter, aber auf lange Sicht, glaube ich, hat es sich ausgezahlt. Ich habe auch José Antonio Labordeta kennengelernt und Pablo Iglesias, vor der Sache mit dem umstrittenen Kauf seines Chalets in Galapagar. Aber dass Werner Diddledock nach La Cañada kam, war für mich irgendwie besonders, versetzte mich in eine fast kindliche Aufregung, ich war nervös, fühlte mich wieder jung, als ich sah, wie der alte Regisseur, eine der letzten lebenden Legenden des europäischen Films, auf der Tenne aus dem Auto stieg und in den Himmel schaute, verwundert über das ruppige, ungefilterte Licht über La Cañada.

Aus Santiago Esponera Martínez de Isábenas Tagebuch

Erkundungsgang am Nachmittag.

Eduardo in nördlicher, ich in südlicher Richtung. Es brauchte eine Weile, ihm den Unterschied zu erklären.

Das Dorf ist eingenommen. Aber es ist anders, als ich erwartet hatte. Anarchistische Insignien, bewaffnete Leute. Nahrungsmittel für alle, eine Art Essenszuteilung. Die Revolution mit Sandwiches aus Bimbo-Toastbrot. Grüppchen bewaffneter Leute ohne Uniform.

Kleine Einsatztrupps, die unter Hochdruck arbeiten. Die minuziöse Organisation erstaunt mich.

Es gibt Frauen und Ausländer, die Befehle erteilen.

Sie wiederholten die Aktionen viele Male, alles sollte für die Kamera gut rüberkommen. Die Besessenheit, mit der daran gefeilt wurde, die Geschichte wirkungsvoll in Szene zu setzen, war überdeutlich.

Ein älterer Mann saß breitbeinig vor dem Rathaus. Er betrachtete die Leute, die hin und her liefen.

»Wer sind die? Aus Madrid?«

»Die meisten aus Madrid, ja. Und von wo die jetzt abstammen ... Von ihrem Vater und ihrer Mutter.«

Der Mann hat Tabak herausgeholt, sich eine Zigarette gedreht (tatsächlich fiel ihm die Hälfte des Tabaks runter).

»Was für ein Durcheinander überall.«

»Sind mächtig im Stress.«

»Glauben Sie, die haben die Sache unter Kontrolle?«

»Es darf nur nicht regnen.«

»Und wenn es regnet?«

»Dann sieht die Sache anders aus.«

»Glauben Sie denn, es wird regnen?«

»Ich glaube, dass es egal ist, was ich glaube.«

Ein bisschen rätselhaft ist das schon.

Ich bin einen Moment ins Auto gestiegen. Habe das Radio angemacht. Die immer gleichen Dummheiten. Kein Wort über das, was in La Cañada passiert. Und an wer weiß wie vielen Orten noch. In den Medien wirst du nichts davon mitbekommen.

Aus dem Heft des Hipsters

Gegen Abend mache ich einen Spaziergang mit Yanis und schaue bei der Gelegenheit bei den Vorbereitungen zu. Aldonza, die Regieassistentin, erläutert mir den Plan für den morgigen Dreh. Wir haben den Tresen des Festkomitees auf den Platz geholt, dort wird das Catering aufgebaut.

Onkel Juan, das alte Säbelbein, plaudert mit Lisa Kunze, der deutschen Darstellerin von Simone Weil. Keine Ahnung, was er gerade zu ihr sagt, sie spricht kein Spanisch, scheint sich aber zu amüsieren. Vielleicht will sie sich auch nur Vincenzo Cameroni vom Hals halten, den internationalen Latin Lover, der einen italienischen Faschisten spielt und sich offenbar langweilt und auf sein Handy schaut, obwohl wir alle wissen, dass es hier keinen Empfang gibt. Ich stelle mich zu ihm und sage, der erste Film, den ich von ihm gesehen hätte, sei einer mit Nanni Moretti gewesen, in dem er eine kleine Nebenrolle gehabt habe, schon lange her. Er ist überrascht, dass ich den Film kenne, und wir reden eine Weile. In der Calle Gramsci (wie die Straße seit ein paar Monaten heißt; vorher trug sie den Namen eines Frankisten, wurde allerdings von allen nur »Pissgasse« genannt, was ich nicht wusste, aber das lässt sich jetzt nicht mehr ändern) stand ein Wagen, auf den Parolen der CNT und der FAI gepinselt waren. Ein Statist – bärtig, athletisch gebaut – war gerade dabei, ihn zu fotografieren. Ich überraschte den Ärmsten. Er muss geglaubt haben, ich würde ihn zur Rede stellen ... Wie einfältig sind wir Menschen, was für absurde Ängste machen uns das Leben schwer. Und welchen Zauber hat trotz allem das Kino, es lässt uns alle wieder Kinder sein. Wie die Wahlkämpfe. Allerdings kommt mir der Statist irgendwie bekannt vor, aber ich weiß nicht, woher. Ich werde ihn fragen, wenn ich ihn wiedersehe.

Ich nehme den Weg in die Hügel und lasse Yanis von der Leine. Glücklich stürmt er davon. Ich gehe ein Stück, zerstreut und nachdenklich. Zwei- oder dreihundert Meter weiter vorn sehe ich Werner Diddledock. Er spielt mit meinem Hund Yanis.

Aus Santiago Esponera Martínez de Isábenas Tagebuch

Wir sind in eine Bar gegangen, die wir am Ortseingang entdeckt hatten.

»Gilt hier spanisches Geld?«, rief ich, um das Eis zu brechen.

Ein Mann um die vierzig, gut gekleidet, ist aufgestanden und auf mich zugekommen.

»Jetzt wo du's sagst. Also: Benigno Balarrasa heiß ich.«

»Santiago Esponera Martínez de Isábena.«

»Hör zu. Dein Geld kannst du hier vergessen.«

»Was soll das heißen?«

»Nichts. Ich lade dich ein. Und deinen Kollegen auch.«

»Vielen Dank.«

Ist alles so harmonisch, wie es scheint? Nicht ganz. In der Bar hat sich ein junger Mann zu uns gesellt. »Ihr seid von Vox«, hat er gesagt. »Ja«, gab ich zur Antwort. »Hab ich an dem Auto gesehen, steht ja der Name drauf.« »Klar.« »Hör zu, die zusammengewachsenen Augenbrauen, das täuscht, ich bin klüger, als du denkst.« »Zweifellos.« »Alles ging den Bach runter, als dieser Fremde mit der Alles-wird-anders-Scheiße und der Neue-Männlichkeit-Scheiße und dem ganzen Firlefanz hier aufgekreuzt ist. Mit den Veränderungen geht es los, und wo führt das hin? Vegetarismus. Ein Ja ist ein Ja. Am Ende muss der Waldhüter, also ich, wegen dem ausdrücklichen Einverständnis noch Bußgelder an Eichhörnchen verteilen.«

»Stimmt genau«, habe ich gesagt.
Wir werden hier übernachten.

DIE NACHT VON TERUEL

Aus Santiago Esponera Martínez de Isábenas Tagebuch

Im Dorf war es totenstill, so, wie wenn auf einer Hochzeit Witze über den Ex-Freund der Braut erzählt werden. Eduardo und ich verließen das Gasthaus, wo uns das Mädchen, das uns angeschrien hat, ein Zimmer besorgt hatte, und schlichen lautlos über den Platz. Wir haben die Kirche gefunden und sind dann die Hauptstraße entlang zum Haus des Pfaffen. Ich habe an der Tür geklopft.

»Herr Pfarrer«, habe ich geflüstert. »Hochwürden.«

Es kam keine Antwort. Ich habe verzweifelt versucht, die Klingel zu finden, aber als ich sie schließlich fand, kam mir der Gedanke, dass es vielleicht keine gute Idee war. Wie laut würde sie sein? Und wenn ich das ganze Dorf aufweckte?

Ich bin aus dem Hauseingang zurückgetreten und habe gesehen, dass es ein vergittertes Fenster gab. Nicht sehr hoch oben.

»Mach mir eine Feuerleiter«, habe ich zu Eduardo gesagt.

Eduardo half mir hoch, und ich habe mich am Gitter festgeklammert. Dann habe ich gemerkt, dass es nicht so leicht war, von hier aus ans Fenster zu kommen. Eduardo hat meine Füße gehalten, sodass es mir gelang, ein paarmal ans Fenster zu klopfen.

»Herr Pfarrer, Herr Pfarrer!«

»Alejandro, jemand ruft nach dir.«

»Wer ist es?«

»Ein Mann.«

»Zum Teufel! Ich komme runter.«

»Nein, nein, er ist hier oben am Fenster.«

»Dann mach auf, in Gottes Namen.«

»Na hör mal. Mach du auf, ist schließlich dein Haus.«

»Und wenn's dein Mann ist?«

»Ich hab dir immer gesagt, du musst Verantwortung übernehmen für das, was du tust.«

»Santiago!«, hat da Eduardo gerufen.

»Was schreist du so, Eduardo, ich steh doch auf dir.«

»Tut mir leid.«

»Schon gut.«

»Danke.«

»Du wolltest was sagen?«

»Ja.«

»Nu sag schon, Junge.«

»Ich muss mal.«

»Mach keine Witze.«

»Das Bier.«

»Kannst du's nicht halten?«

»Nein, Onkel. Ich platze.«

»Und jetzt?«

»Kann ich gehen? Kommst du runter?«

»Nein, geh schon. Ich halt mich fest.«

Dann öffnete sich endlich das Fenster.

»Was ist hier los?«

»Hochwürden.«

»Ja.«

»Santiago Esponera Martínez de Isábena, für Gott und Vater-

144

land, zu Diensten.« Ich wollte ihm die Hand reichen, musste mich aber gleich wieder ans Gitter klammern, mich nur mit einer Hand festzuhalten, schien mir wenig geheuer.

»Schön. Freut mich. Ist was passiert?«

»Ich bin gekommen, Sie zu retten, Hochwürden.«

»Mich zu retten, wovor?«

»Vor dem Tohuwabohu. Der Revolution.«

»Der Revolution?«

»Das Dorf ist in der Hand der roten Horden.«

»Da scheißt doch gleich der Heiland von der Kanzel! Und darum weckst du mich?«

»Wir fahren heute Nacht los, bis morgen früh haben sie unsere Spur verloren. Wir müssen den Zeitvorteil nutzen.«

»Die Revolution, die roten Horden, sagst du?«

»Ja.«

»Hör mal. Morgen muss ich jede Menge Dörfer abklappern. Ich geh jetzt schlafen. Und du steigst besser wieder runter. Der nächste Schluckspecht, der mir auf die Eier geht, kriegt einen Blumentopf an den Kopf.«

Er hat das Fenster geschlossen, und ich bin gesprungen. Ich habe mir etwas den Knöchel verdreht, ist aber nicht schlimm, außerdem hat mich nur Eduardo gesehen. Er lachte sich verstohlen ins Fäustchen, der Mistkerl, ich habe ihm eine Kopfnuss verpasst.

Ob der Pfaffe mit ihnen unter einer Decke steckt oder mir misstraut, kann ich nicht sagen.

Aus dem Heft des Hipsters

Wenn ich abends mit Yanis spazieren gehe, wechsle ich immer ein paar Worte mit Werner Diddledock. Das ist zu einer Gewohnheit geworden. Kam bisher nur dreimal vor, das stimmt, aber auf diese Weise entstehen Traditionen. Ich frage ihn nach den Dreharbeiten, er fragt nach den Dorffesten, nach dem Käse von Carmelo, nach der örtlichen Vegetation. Man sieht, er ist ein sagenhaft neugieriger Mann. Zum Beispiel hat er mich gefragt, wo die Straßen, die sich hier kreuzen, im Einzelnen hinführen. Ich glaube, er war etwas enttäuscht, dass ich kein richtiger Bauer bin, obwohl es ihm gefallen hat, dass ich ihm meinen Gemüsegarten gezeigt habe.

Er spricht ein Makkaroni-Spanisch. Er sagt, er hat es in den Siebzigern gelernt, als er zusammen mit dem berühmten Gernot Dudda den Schmuggel mit ungarischen Pornofilmen organisierte. Manchmal wechseln wir ins Englische. Anfangs war es mir peinlich, ihn über das Kino auszufragen. Immerhin antwortet er mir in der Regel, obwohl er selbst das Thema nicht anspricht. Ich habe mir gedacht, dass es nett wäre, aus unseren Dialogen ein Buch zu machen, ein bisschen wie *Hitchcock/Truffaut* oder das von Cameron Crowe mit Billy Wilder: *Gespräche in La Cañada*. Schade, dass ich für so was keine Zeit habe. Aber meine Verantwortung als Bürgermeister geht vor.

Beim letzten Mal habe ich ihn nach der Plansequenz in *Dry Lightning* gefragt, die bekanntlich in einem Spiegel endet. Es ist die berühmteste Sequenz des Films. Mehrere Regisseure haben versucht, den abschließenden Schwenk nachzuahmen, und weil es ihnen nicht gelang, haben sie behauptet, es sei bloß eine Hommage.

»In welchem Film? In dem mit den Ameisen?«, fragte er.

»Nein. In dem mit der Sündenbocktheorie von Girard als Ausgangspunkt. Die erklärt, dass sich jede Gesellschaft auf ein Verbrechen gründet.

»Der Film mit Anne?«

»Anne?«

»Anne Greaves.«

»Ach ja, genau.«

Wir saßen gerade auf dem Mäuerchen am Dorfeingang. Ein Mädchen kam angelaufen, sie war von der Requisite. Sie hielt zwei Taschentücher in der Hand und fragte Werner, welches er für Lisa lieber hätte. Er schaute einen Moment und entschied sich dann für das dunklere.

»Ich weiß nicht mehr, wie ich das gemacht habe. Weil die Szene so berühmt wurde, habe ich etliche Male versucht, sie zu wiederholen, habe es aber nie wieder so hingekriegt. Den Film habe ich gemacht, weil ich in Anne verknallt war. Ich war sehr durcheinander.«

Ich schilderte ihm meine Hypothese. Ich hatte in der Cafeteria des Instituts stundenlang darüber geredet.

»Kann sein, und geheiratet habe ich letztlich eine Freundin von ihr, die natürlich auch Schauspielerin war. Im Film geht es um den Sündenbock, sagst du?«

»Ja.«

»Ich erinnere mich ehrlich gesagt nicht mehr genau.«

»Es ist einer Ihrer besten Filme.«

»Es war eine meiner besten Ehen.«

Aus Santiago Esponera Martínez de Isábenas Tagebuch

Heute hat sich eine eigenartige Szene abgespielt. Sie geht mir nicht aus dem Kopf.

Ein Mädchen, Ausländerin, lief zerstreut die Hauptstraße entlang in Richtung Marktplatz. Ich weiß nicht, was in ihr vorging, sie schien ganz in ihren Gedanken verloren. Mir könnte so etwas nie passieren. Nicht weil in meinen Gedanken sich zu verlieren ungefähr so wäre, als würde man sich im eigenen Hausflur verlieren, wie meine Ex-Frau meinte. Sondern weil ein guter Spanier nie die Kontrolle über das verliert, was sich in seinem Körper abspielt: Einmal nicht aufgepasst, machen sie dir die Hölle heiß wie eine abtrünnige autonome Gemeinschaft. Die Kleinstaaterei der Taifas ist ein Klacks dagegen. Sonst nichts, aber wir wissen schon, wo das hinführt. Jedenfalls war klar, um auf den konkreten Fall zurückzukommen, dass die Kleine verwirrt war und nicht sah, dass da ein brodelnder Topf auf einer Art Campingkocher stand.

Am meisten überrascht hat mich aber, dass da mindestens zwanzig Personen herumstanden, die alle zuschauten, und die Ärmste lief direkt darauf zu, ohne dass jemand sie gewarnt hätte.

Sie schauten und warteten nur darauf, sich kaputtlachen zu können, als hätten sie Carmen Calvo ein Rätsel gestellt und warteten auf die Antwort. Unterdessen dachte ich an Solidarität und all das, worüber sie und die PSOE-Tussi so gern schwadronierten.

Was ich sagen will: Wenn jemand Ausländer hasst, dann ich. Ich kann sie noch weniger ausstehen als einen Fahrradweg in meiner Straße oder einen Klimastreik an der Schule meiner Kinder. Aber ich will verdammt sein, wenn ich zulasse, dass so ein hübsches, junges Ding kopfüber in einen brodelnden Kochtopf stolpert, als wär's das Freibad der Wohnsiedlung. Sie mögen ja Ausländer sein, aber wir sind doch Christen.

Außerdem ist das Mädel weiß.

Trotzdem, da standen sie, Volkstribune der Solidarität und des Egalitarismus; Astronauten, die weit über den Köpfen der Gemeinsterblichen im fernen Orbit ihrer moralischen Überlegenheit kreisen; unversöhnliche Propagandisten der Schwesterlichkeit; hartnäckige Verbündete, die für die Sünden ihres früheren Lebens andere büßen lassen; rote Socken, die uns ins erstickende Korsett politischer Korrektheit schnüren; pflanzenfressende Hysteriker, die endlos über die Reinhaltung der Ozeane schwadronieren, aber sich nicht mal an allen geraden Tagen duschen: Dieses ganze Gesocks beobachtete erwartungsvoll, wie das Mädchen, das abwechselnd in die Luft schaute und sich Notizen machte, auf den kochenden Topf zusteuerte.

Verdutzt, sprachlos, wie vor den Kopf gestoßen (so mächtig und ansteckend ist das Vertrauen in die Moral der Linken: Sogar ich war diesem Schwindel auf den Leim gegangen) angesichts der Gleichgültigkeit der übrigen Anwesenden, lief ich auf das Mädchen zu. Ich hechtete ihr entgegen, als sie eben den Fuß in den Topf setzen wollte. Mit einer durch häufiges Schauen von *Stirb langsam* geschulten Bewegung fing ich ihren Fall mit meinem Körper auf. Um sie zu beruhigen, schaute ich ihr in die Augen, während ich mit Möbeln, Kabelagen, Wänden kollidierte. Inmitten des Getöses hörte ich Stimmen der Roten, ein Geschrei, in dem sich Überraschung, Angst, Entsetzen und gotteslästerliche Flüche mischten. Der federleichte, aber sinnliche Körper der Kleinen lag auf mir, sie sah mich mit weit offenen, ein wenig kühischen, aber von Dankbarkeit, Liebe vielleicht, überfließenden Augen an, und ich dachte, ich müsste ihr sagen, dass ich unglücklicherweise der Mann einer einzigen Frau bin, Piedad Remacha, als die dröhnende ausländische Stimme ihres Anführers das herumschreiende, unsolidarische Pack zum Schweigen brachte.

»Toll. Freudsche Fehlleistung.«

Für einen Moment herrschte Zweifel.

»Einen Applaus für das Rumpelstilzchen«, sagte er.

Und alle haben angefangen zu klatschen.

Rumpelstilzchen. Mein Spitzname im Gymnasium. Was für eine glückliche Koinzidenz, dass ihm das eingefallen ist.

Einige Sekunden lang – zerschunden und benommen – habe ich mich wie zu Hause gefühlt.

In unserem Zimmer im Gasthaus hat Eduardo meine Wunden mit Wasserstoffperoxid und Betadine versorgt. Der Knöchel tut noch weh, wegen des Sprungs vom Fenster des Pfaffen, aber dafür haben wir nichts dabei.

Er will den Ernst der Lage einfach nicht begreifen.

»Du hast doch gesehen, wie sie die Heiligen verbrannt haben.«

»Aber der Pfarrer wollte nicht mit uns kommen.«

So war er schon immer, so naiv, beneidenswert. Ein riesiges Herz und das Gehirn einer Mücke. Darum hat Piedad ihn mir anvertraut. Damit ich ihm etwas beibringe, damit ich ihn in die raue Wirklichkeit des echten Lebens einführe, damit ich ihn zum Mann mache. Dann hörte ich Stimmen an der Tür.

»Kommt, ihr seid zum Schlachtfest eingeladen. So was habt ihr noch nicht gesehen.«

»Was habe ich dir gesagt!«, raunte ich ihm zu. »Los, das Gemetzel schauen wir uns an.«

Aber Eduardo sagte, er sei müde und wolle lieber auf dem Zimmer bleiben. So sind sie, die Millennials.

Aus dem Heft des Hipsters

Ich habe mit der Filmcrew zu Abend gegessen, im Vereinslokal von La Boina, dem gemütlichsten des Dorfes, in dem es Sofas und das alles gibt. Das Schlachtfest vom krummbeinigen Onkel Juan, der sich mit Lisa Kunze angefreundet hat: Chorizos, Longanizos, Morcilla – das volle Programm.

Nette Leute, wir hatten eine tolle Zeit. Mit dem Alkohol, den wir konsumiert haben, hätte man den Staudamm von Calanda füllen können. Benigno Balarrasa hat einige seiner klassischen Anekdoten zum Besten gegeben, Rosura Lorés hat sich über ihn lustig gemacht, und Werner Diddledock hat einen Witz erzählt, den wir nicht verstanden haben, etwas über Heidegger. Ich war einen

Moment lang verwirrt, weil ich dachte, Lucía, das Script-Girl, sei mit Jaime zusammen, dem Kameramann. Aber dann haben sie mir erklärt, dass sie das nur während der ersten Drehwoche war. Danach hatte Lucía ein Verhältnis mit dem Tonassistenten, der den Film ohne Angaben von Gründen verlassen hat. Jaime war inzwischen mit einer aus der Maske zugange, die vorher etwas mit dem Kameraoperateur gehabt hatte, der wiederum mit der Assistentin der Requisite verheiratet war, wobei die Ehe nur auf dem Papier bestand, und eigentlich war er damals auch mit Laura aus der Regie liiert, die dann aber während der Dreharbeiten mit Julio Medem lesbisch wurde. Jedenfalls ist jetzt alles klar.

Nach dem Abendessen gingen wir in die Bar von Lourdes, und ich brachte ihr ein Bocadillo mit Bacon mit, weil ich weiß, wie gern sie die mag. Nach all den Seitan-Burgern, die ich mit Lina habe essen müssen.

Kaum hatten wir das Vereinslokal verlassen, traf ich auf einen Typen, der dicht am Steilhang entlangschlich. Das ist ungewöhnlich, normalerweise gibt es hier Platz genug, aber die Bevölkerung von La Cañada hat sich gerade verdoppelt, deshalb habe ich mich nicht gewundert. Dann erkannte ich ihn wieder – Spitzbart, gerunzelte Stirn, Glubschaugen, aber ein Blick noch leerer als ein Baugrundstück, als wäre alles darin durch seine Stunt-Einlage gelöscht worden: Er erinnert mich an einen Graubarsch, den man kopfüber in einen Baum gehängt hat, um es einfach auszudrücken – ich hatte ihn ja dieser Tage am Filmset gesehen, er war auch an der Kollektivierungsdebatte beteiligt gewesen.

Wir haben uns gegenseitig vorgestellt (er heißt Santiago, glaube ich), und ich sagte ihm, wir würden in die Bar gehen, ob er mitkommen wolle. Sein Hinken war mir beim letzten Mal gar nicht aufgefallen.

»Man merkt wirklich, dass alle ein gemeinsames Ziel haben,

das lässt sich nicht leugnen«, sagte er zu mir, als wir bereits in der Bar waren.

»Ja.«

»Die Idee, dass man an einem Strang ziehen muss.«

»Das stimmt.«

»Egal was passiert, das muss man anerkennen.«

»Natürlich.«

»Es hat etwas Organisches. Fast so eine Art Spirit. Der alles beseelt, ein besonderes Klima schafft.«

»Ja, es herrscht eine ganz eigentümliche Intensität.«

»Wundert mich nicht, dass es Leute gibt, bei denen das verfängt. Die es ständig von einer Revolution zur nächsten zieht, weil ihnen das normale Leben nichtig und leer vorkommt.«

»Noch ein Bier?«

»Ich kann das gut nachvollziehen.«

»Lourdes, machst du uns noch zwei Bier?«

»Schön sind auch diese flachen Hierarchien. Jeder weiß selbst, was er zu tun hat. Ganz organisch.«

»Na ja, es braucht schon immer einen, der den Überblick hat. Sie fragen dich ständig irgendwas, du musst jede Menge kleiner Entscheidungen treffen«, sagte ich einschränkend.

»Es läuft sehr kollektivistisch ab.«

»Ja. Aber es braucht den Regisseur. Letztlich ist alles von ihm abhängig. Eine Menge scheinbar nebensächlicher Entscheidungen, eine übergeordnete Vision.«

»Einen Anführer.«

»Jemanden mit zentraler Ausstrahlung.«

»Einen Führer.«

»Wenn du's so nennen willst.«

Aus Santiago Esponera Martínez de Isábenas Tagebuch

»Dann nenne ich das so«, sagte ich zu dem Typen, der wie ein Hippie aussah, aber ganz sympathisch war und mich ermuntert hatte, ihn zu begleiten. Wir haben weiter getrunken, und am Ende waren wir fast die Letzten in der Bar. Als wir gingen, bestand der Hippie darauf, mich zum Gasthaus zu begleiten, er sprach von staatsbürgerlicher Verantwortung und dass er mich nicht allein gehen lassen könne, wir müssten einer auf den anderen achtgeben, hat er gesagt. Mir wurde bewusst, dass er ebenfalls betrunken war, und ich habe beschlossen, ihn meinerseits nach Hause zu begleiten, wir Spanier müssen aufeinander aufpassen. Wir sind siebenundvierzig Millionen, und wenn man die Ausländer, Verräter und Katalanen abzieht, was bleibt da noch übrig? Als wir bei ihm ankamen, hat er gesagt, er könne nicht zulassen, dass ich allein ginge. Der Vorgang hat sich noch einige Male wiederholt. Schließlich haben wir eine Kompromisslösung gefunden. Wir haben uns auf halbem Weg getrennt.

Aus dem Heft des Hipsters

Netter Kerl, dieser Santiago.
Morgen wird ein großer Tag.

Aus Santiago Esponera Martínez de Isábenas Tagebuch

Ich stehe früh auf, unruhig, von einer seltsamen Erregung alarmiert, ziehe mich an, wecke Eduardo, wir brechen auf. Wir gehen in die Richtung, aus der der Lärm kommt. Es ist früh am Morgen, das Dorf wirkt wie ausgestorben. Aber ich spüre eine undefinierbare Spannung. Auf der Tenne sehe ich, was ich schon befürchtet hatte. Einen Überraschungsangriff, einen Dolchstoß in den Rücken, einen Überfall, den obendrein Leute verüben, die noch gestern mit uns das Brot geteilt, mit uns getrunken, gelacht, den Frauen von La Cañada von ihrem Haus in der Toskana erzählt haben. Der Italiener und noch einige andere laufen auf das Dorf zu.

Aus dem Heft des Hipsters

Es ist ein großer Tag, denn heute soll die Szene vom Angriff der Faschisten auf La Cañada gedreht werden, das Scheitern des revolutionären Traums. Benigno sagte mir, es sei eine der technisch kompliziertesten Sequenzen. Sie haben eine zweihundert Meter lange Kamerafahrt gebaut, die über den Schulvorplatz führt, dann an der Koppel von Onkel Soltero und dem Haus von Eulalia vorbei und weiter zur Garage der De la Toscas hinunter, um schließlich auf der Tenne bei der Viehtränke und dem alten Friedhof zu enden. Ich setze mich neben Werner, an den Anfang der Strecke, ein Motor läuft, er ruft »Action«.

Heute ist ein großer Tag, aber Werner wirkt nachdenklich, niedergeschlagen, matt, ohne die bedächtige Energie, die er in den letzten Tagen ausgestrahlt hat, nie um einen Scherz verlegen, der nicht zum Lachen war, immer ein liebenswürdiges, unverständliches Wort für die Leute von La Cañada und die Crew auf den Lippen, dabei von unerschöpflicher Jovialität. Ist es das Alter, der Lauf der Zeit, der Kummer über die im Wesentlichen fruchtlose Rolle des politisch engagierten Künstlers, der ab einem bestimmten Punkt seiner Entwicklung weiß, dass er die Wirklichkeit, die er zu transformieren bestrebt ist, nicht verändern kann, seine Karriere sich aber auf genau diesen Anspruch gründet, und der im Übrigen auch schon zu reich und zu berühmt ist, um noch etwas anderes zu tun, und schließlich in den Abgrund seiner Widersprüchlichkeit schaut und feststellt, dass, wie Nietzsche schrieb, der Abgrund ihn anschaut? Oder hat er einfach zu viele Flaschen von Juan el Garrosos jungem Wein getrunken?

Wie dem auch sei, während in der Entfernung Vincenzo Cameroni und die übrigen Schauspieler den Sturmlauf beginnen und die Kamera sich langsam in Bewegung setzt, schaue ich nach links und sehe, dass Werner Diddledock, lebende Legende des europäischen Films, Lichtgestalt des gesellschaftlichen Engagements, zu schnarchen begonnen hat.

Aus Santiago Esponera Martínez de Isábenas Tagebuch

Ich die Italiener, du die Araber, wo du so einen Narren an ihnen gefressen hast, sage ich zu Eduardo. Ich schnappe mir von einem der Milizionäre das Gewehr, und wir laufen auf sie zu, er mit der ihm eigenen Eleganz eines Nashorns, ich mit meinem virilen Hinkefuß.

Mein Leben lang habe ich die jüdisch-freimaurerisch-feminazistisch-vegane und von Soros finanzierte Revolution gehasst, aber ich bin auch gegen dieses Gesindel, das einem meuchlings in den Rücken fällt, außerdem war ich tief bewegt von dem solidarischen Geist, dem gemeinschaftlichen Ziel, die ich in La Cañada erleben durfte. Und was haben sich diese verräterischen Ausländer gedacht? Die Nation steht über der Ideologie. Sie ist eine Art Epiphanie, etwas, das man fühlt und das sich nicht mit Worten ausdrücken lässt, so wie das komische Gefühl an den Zähnen, wenn man Pfirsiche isst.

Ich sehe, dass sie etwas stutzen, als sie uns auf sich zulaufen sehen, sie hatten wohl keinen Widerstand erwartet. Ich nehme mir den Italiener vor, der erste Schlag ist ein kleiner Vorgeschmack, ich gebe ihm eins mit dem Kolben auf die Nase und bin da womöglich ein wenig ungestüm, aber so bin ich halt, wenn ich einmal loslege, kann nichts mich stoppen, Mann, kriegt der eine Abreibung, erinnert mich daran, wie Tassotti Luis Enrique mit dem Ellbogen abgeräumt hat, an Eros Ramazzoti, den Blödmann, und an Sandro Giacobbe und all die anderen Schnulzenonkels, daran, dass sie in der Europäischen Union immer bessere Posten absahnen als wir, an die gottverfluchte Eurovision, daran, wie gut ihren Nationalspielern die blauen Leibchen stehen, was für ein Genuss, euch das 4:0 einzuschenken, Feiglinge, die ihr in beiden Weltkriegen die Seiten gewechselt habt, an die Spanierinnen, die immer dem Italiener, dem Argentinier, dem Musiker zufallen, ha, der ist restlos bedient, ich hebe ihn auf und werfe ihn in die Viehtränke.

Aus dem Heft des Hipsters

Das ganze Team ist wie gelähmt. Niemand versteht, was da passiert. Die Kamera filmt, und als Bürgermeister treffe ich eine Exekutiventscheidung. Eine Kamerafahrt ist eine moralische Frage. Mach weiter, nicht aufhören, sage ich zu dem Kameramann, ich schiebe ihn, wir sind zu zweit, fahren vorbei am Schulhof, an der Koppel von Onkel Soltero und am Haus von Tante Eulalia, dann hinunter zur Garage der De la Toscas, während der arme Cameroni die heftigste Abreibung seines Lebens kassiert, den Verriss mit eingerechnet, den ihm seinerzeit Boyero verpasst hat. Als wir bei der Viehtränke ankommen, wo die Gleise enden, erinnere ich mich an all die Abende in der Cafeteria, wo wir über Kino diskutierten, anstatt das Seminar über historische Linguistik zu besuchen, an das Fanzine, das wir damals herausgaben und von dem zwei Nummern erschienen sind, wie hieß noch gleich das superattraktive Mädchen, das über Agnès Varda geschrieben hat? Ich bringe den Kameramann in Position und führe ihn, damit er den Schwenk so wiederholt, wie ich immer dachte, dass die Einstellung zustande kam, mit der *Dry Lightning* endet. Ich glaube, ich hab's geschafft. Mich packt eine unglaubliche Euphorie und dann ein Schauder, als ich das nackte Entsetzen sehe, das die Züge des Kameramanns verzerrt. Ich drehe mich um und stelle fest, dass Werner endlich aufgewacht ist und mit ansehen muss, wie gerade zwei Oligophreniker die teuerste Sequenz des Drehs und Teile des Films zunichtemachen, denn mehrere Schauspieler liegen verletzt am Boden. Es ist mucksmäuschenstill. Das Team wartet gebannt. Und plötzlich zuckt Werner die Achseln, grinst und sagt:

»Tarantino wird sich in die Hosen scheißen.«

Aus Santiago Esponera Martínez de Isábenas Tagebuch

Der Deutsche hat mir gratuliert. Die anderen befinden sich wohl noch in Schockstarre. Der Angriff und die verheerende Niederlage des Feindes hat sie überrascht. Nachdem die Angreifer gefangen genommen und entwaffnet waren, haben Eduardo und ich beschlossen, unsere Reise fortzusetzen, unsere Botschaft weiterzuverbreiten und vor heimtückischen Überfällen der Konterrevolutionäre zu warnen. Benigno Balarrasa weist mich darauf hin, dass ich besser ein paar Euro in die Revolutionswährung umtauschen sollte, schwer zu sagen, ob in den Dörfern, die wir durchqueren müssen, unser Geld akzeptiert wird, und wie viele Tage wir brauchen, um die Front zu passieren.

»In Alcañiz kannst du wieder welches tauschen«, sagt er. »In ein paar Wochen könnt ihr dort sein.«

Ich habe ihm zweitausend Euro gegeben, alles, was ich bei mir hatte, und er hat mir ein paar Revolutionswechsel ausgestellt, dann haben wir uns umarmt. Eduardo und ich sind losgefahren, Richtung Norden. Sie sind in die Bar an der Hauptstraße gegangen, um den Sieg zu feiern.

»Geht alles auf Kosten des Hauses«, hat Benigno gesagt. »Es lebe die soziale Revolution!«

Verflucht, hoch soll sie leben.

LA CAÑADA AUF DEM KLIMAGIPFEL

Ich hatte ein merkwürdiges Gefühl, als ich in Madrid ankam. Der Rückweg war vertraut, und doch spürte ich, dass nichts so war wie vorher. Wer war es, der an diese bekannten Orte zurückkehrte, die plötzlich neu waren, irgendwie unwirtlich, vielleicht durch den Blick derer verändert, die ihn begleiteten? Rückkehr oder Flucht, machte das einen Unterschied? Floh ich vor La Cañada, vor den Schwierigkeiten meiner bürgermeisterlichen Pflichten, vor Lourdes, vor mir selbst? Hatte ich mich oder hatte die Welt sich verändert? War dieser Satz auf meinem Mist gewachsen oder hatte ich ihn irgendwo aufgeschnappt? Jedenfalls musste ich ihn mir aufschreiben.

Javiers Warnung riss mich aus meinen Gedanken.

»Da lang, da lang, da lang!«

»Junge, wo hast du deinen Kopf?«, sagte Silvina.

»Wie verpeilt bist du denn!«

Noch fünfhundert Meter bis zur Ausfahrt. Eine Smogwolke begrüßte uns: Wir fuhren zum Klimagipfel.

Die letzten Wochen im Dorf waren schwierig gewesen. Die ökonomischen Hiobsbotschaften rissen nicht ab. In einer Versammlung warf mir der ehemalige Bürgermeister vor, wir würden nichts unternehmen, und kritisierte die angebliche Untätigkeit, die Verschleierung der Krise. Ich antwortete so gut ich konnte, aber beim Spazierengehen nachts mit Yanis fragte ich mich schon, ob La Cañada auf die Verwerfungen vorbereitet war, die ein Brexit ohne Verhandlungslösung zur Folge haben könnte. Die verflochtenen Volkswirtschaften, die Verdichtung von Zeit und Raum, die Elefanten-Kurve ... Die einzige Gewissheit ist die Ungewissheit, wie wir im King-Lear-Seminar an der Uni gelernt haben. Schließlich musste ich Komplikationen einräumen. Ich gab den Auftrag zu einer Lautsprecherdurchsage:

»Achtung, Achtung, auf Anordnung des Bürgermeisters wird bekannt gegeben, dass eine Zeit objektiver Schwierigkeiten begonnen hat.«

Ich musste das aber bald ändern.

»Auf Anordnung des Bürgermeisters wird bekannt gegeben, dass es so aussieht, als befänden wir uns derzeit in einer Periode beschleunigter Entschleunigung.«

Der Druck wuchs und wuchs.

»Achtung, Achtung. Auf Anordnung des Bürgermeisters wird bekannt gegeben, dass die Weltwirtschaft in eine Phase synchronisierter Stagnation eingetreten ist.«

Da endlich beruhigten sich die Leute etwas.

Ein Luxus, den ich mir nicht leisten konnte. Es war klar, dass ich Kürzungen würde vornehmen müssen. Was konnte ich tun? Sollte ich den geplanten Aufbau eines öffentlichen Nahverkehrs im Dorf und die Maßnahmen für den ökologischen Umbau verschieben? Meine ehrgeizigen Projekte zur Förderung der Anerkennung geschlechtlicher Diversität auf Eis legen? Die Beschilderung emblematischer Orte in und um La Cañada in inklusiver Sprache aussetzen: etwa für den Barranco de los Forasteros (Schlucht der nicht eingeborenen Personen, deren Beitrag zum Gemeinwesen allemal größer ist als die seltenen, unregelmäßigen Störungen, die sie vielleicht zu verursachen scheinen), für die Fuente Matahombres (Brunnen mit möglicher gesundheitsgefährdender Wirkung auf vernunftbegabte Zweibeiner), den Mas de las Putas (getrennt geschlechtlicher Gutshof)? Sollte ich eine billigere Band als das legendäre Duo Sal y Pimienta für die Auftritte bei den Dorffesten engagieren? Die Feste im Mai und im September um jeweils einen Tag verkürzen?

Der letztgenannte Vorschlag fand kein günstiges Echo, muss ich zugeben. Vielleicht könnte man die Aufführung der Jotas am späten Sonntagabend aussetzen, bei der sowieso niemand blieb, oder das Eselrennen, das auf obszöne Weise speziesistisch war? Wieder hatte ich kein Glück; es hieß, man solle lieber mit dem Einbau einer neuen Schulheizung noch ein Jahr warten. Im Winter verlegten die Kinder den Unterricht manchmal nach draußen auf die Tenne, weil es dort weniger kalt war. Zweifellos sprachen ökologische Argumente für diesen Vorschlag, und wenn die Kinder herumhüpften, um sich warm zu halten, wurde der Sportunterricht automatisch zu einem transversalen Fach, wie es ja von fortschrittlichen Pädagogen empfohlen wurde. Aber ist das auf die Erziehung verwandte Geld nicht auch eine Investition in die Zukunft? Gut, wenn die Kinder etwas lernten, das ließ sich nicht leugnen, war es andererseits sehr wahrscheinlich, dass sie später das Dorf verlassen würden. Könnten das Risiko einer Unterkühlung und eine fortschreitende Verwahrlosung der schulischen Einrichtung dabei helfen, die Verwurzelung der Bevölkerung in der Region sicherzustellen? Demokratische Zwickmühlen!

Zum ersten Mal in meinem Leben kam mir der Gedanke, dass der politische Wille Grenzen haben könnte, und ich empfand etwas, das den Gefühlen eines katholischen Priesters angesichts eines Erdbebens, des Dark Webs oder eines Songs von Melendi nicht unähnlich sein dürfte: Gott ist tot oder er macht Witze. Ich erinnerte mich an Tertullians berühmten Spruch »credo quia absurdum«, den unser Philosophielehrer im Gymnasium ständig wiederholte, bis man ihn in Handschellen abführte, weil er ein betrügerisches Pyramidenspiel organisiert hatte.

Wir wissen doch alle, wie sehr die Machtausübung Menschen zermürbt. Die Hemden von Macron werden immer hässlicher, und er überkämmt seine Geheimratsecken. Oder man vergleiche den jugendlichen und zuversichtlichen Obama von 2008 mit dem Staatsmann vorgerückten Alters, als der er aus dem Amt schied: Vielleicht hat er den Kurs des Ozeanriesen um ein paar Grad korrigiert, aber über ihn ist der Zug der Zeit hinweggerast. Und obwohl er nicht regiert, sieht Pedro Sánchez immer abgekämpft aus, Posieren scheint einfach, führt letztlich aber zur Erschöpfung, das habe ich in einem Interview mit einem Model gelesen, als ich beim Zahnarzt im Wartezimmer saß. Ich riss mir ein weißes Barthaar aus und knickte eines Abends nahe der Plaza Santa Ana mit dem Fuß um, und sofort musste ich an die eigene Sterblichkeit denken, an die Unausweichlichkeit des Schicksals, an die unvermeidlichen Unannehmlichkeiten von Macht und Zeit.

Genau in diesem Moment – so, wie es schon früher anderen Mandatsträgern passiert ist, die sich mit innenpolitischen Problemen herumschlagen mussten – brachte die Außenpolitik die Rettung. Es waren zwei gleichzeitige, offensichtlich unabhängige Aktionen, die als konzertiert sich vorzustellen jedoch verlockend war: der politische Wille des Zufalls.

Zunächst bekamen wir Besuch von einem Paläontologenteam von der Universität von East Anglia. Sie hatten schon in der Vergangenheit Expeditionen in die Gegend unternommen, waren sogar vor ein paar Jahren im Dorf gewesen, weil es die Vermutung gab, die Umgebung der Masada Julve könne wegen ihres orografischen

Profils Überreste des Turiasaurus bergen, eines Dinosauriers, der zur Zeit des Übergangs vom Oberjura zur Unterkreide in der Provinz Teruel gelebt hat. Natürlich hielt ich das für eine spannende Idee und dachte, wenn etwas gefunden würde, könnten wir ein *Turiasaurus Interpretation Center* einrichten: eine Art hippen Jurassic Park mit Spaßfaktor und Lerneffekt. Sie erschienen im Rathaus, aber ich dachte, für einen förmlicheren Empfang würde sich die Bar von Lourdes besser eignen.

Professor Jonathan Slowmould, Mathematiker, Experte für Chaostheorie, eine Koryphäe auf dem Gebiet der Erforschung wenig bekannter Reptilien, sagte mir, er sei begeistert von der hiesigen Landschaft, der er eine gewisse epische Innerlichkeit bescheinigte. Mir schien das eine sehr präzise Beschreibung. Das sagte ich ihm, und er dankte mir mit einer Bescheidenheit, die mir im Nachhinein gefälschter erscheint als eine argentinische Statistik. Er erklärte, er könne ein paar Freiwillige aus dem Dorf gut gebrauchen, die ihnen halfen, die alten Fundstätten auszukundschaften. Normalerweise, sagte er, wissen die Ortsansässigen ganz genau, wo Fossilien gefunden wurden, eine Art Volksweisheit, alte Traditionen, die von Mund zu Mund gehen. Ich schlug ihm vor, Leonardo Gascón zu fragen, Landwirt im Ruhestand und der leitende (und einzige) Redakteur von *El Peirón*, der Zeitung von La Cañada, der örtlichen Wikipedia. Er sagte wunderbar, und dass sich die Leute in einem gewissen Alter mit Geschichte auskannten, sei ja klar, aber es wäre auch gut, und sei es nur ihrer besseren Beweglichkeit wegen, mit ein paar jungen Leuten aus dem Dorf rechnen zu können.

»Auch wir würden gern mit den jungen Leuten aus dem Dorf rechnen können, wenn es sie gäbe«, sagte ich. »Tatsächlich ist Leonardo fast ein Jungspund.«

»Wie alt ist er denn?«

»Rüstige siebzig. Daher sein Spitzname: El Recental.«

Er fragte, ob auch das Mädchen aus der Bar sie begleiten könne. Er erinnere sich an sie von einem früheren Besuch. Ich begriff, dass er Lourdes meinte, und sagte, er solle sie selbst fragen.

»Und wieso?«, fragte Lourdes.

»Sie könnten uns sehr nützen«, sagte Slowmould. »Mit Ihrer Kenntnis der hiesigen Orografie.«

»Es ist eine Schlucht«, sagte sie. »Das versteht man auch ohne große Kenntnisse.«

»Es ist eine Gelegenheit«, sagte ich.

»Wofür?«

»Er sagt, du seist eine geborene Paläontologin.«

»Und du bist ein Hornochse.«

Da kam mir für einen Moment ein seltsamer Verdacht; ich hatte den Eindruck, als würde Professor Slowmould sich vor Lourdes aufspielen. Ich fühlte mich etwas unwohl. Sollte das Eifersucht sein, das *green-eyed monster*, von dem Shakespeare spricht, wie ich gelernt habe, als man uns im Morphologie-Seminar die Bildung von Adjektiven erklärte, gleich im ersten Studienjahr. Es ärgerte mich, heteropatriarchalischen Erfindungen wie dem Besitzdenken auf den Leim zu gehen, und ich fragte mich, ob diese atavistische Gefühlsregung eine xenophobe Komponente besaß, kurzum, ich schämte mich so, dass ich ihn zu einem weiteren Glas einlud.

Man muss diesen Gaul an der Kandare halten, wie Platon sagte.

Am nächsten Tag dann traf der Brief ein, mit offiziellem Briefkopf und allem Drum und Dran. Er war gedruckt, trug aber handschriftliche Anmerkungen, was ihm meiner Ansicht nach einen besonders förmlichen Anstrich gab.

Sehr verehrte:r Bürgermeister:in von La ~~Camada~~ Cañada, sehr verehrte Anwohner:innen,

der Klimanotstand ist die größte Herausforderung, vor die

wir uns als Gesellschaft und Nation gestellt sehen. Die Regierung hat sich verpflichtet, im Eilverfahren politische Maßnahmen jenseits des Rechts-Links-Schemas zu ergreifen, um bis spätestens 2050 Klimaneutralität herzustellen.

Um ihre Selbstverpflichtung zu unterstreichen, hat die amtierende Regierung beschlossen, den Begriff »Notstand« zu verwenden und dem im Dezember in Madrid stattfindenden Klimagipfel einen großen Empfang zu bereiten.

Zahlreiche öffentliche Veranstaltungen und Konferenzen sollen die verschiedenen Aspekte dieses ~~brenzligen~~ brennenden Problems beleuchten. Journalisten, Politiker, Experten werden ihre Sicht auf die Herausforderungen und möglichen Lösungen vortragen. Greta Thunberg kommt auch! Sie, die vielen Menschen, die sich um die Zukunft des Planeten, unseres gemeinsamen Hauses, sorgen, ein so inspirierendes Vorbild ist!

Wir möchten, dass Vertreter des sogenannten ~~leeren entleerten~~ leeren Spaniens ihre Sichtweise, ihre Erfahrung mit klimabedingten Problemen schildern, die ihnen besonders zu schaffen machen. Und wer wäre dafür besser geeignet als die Bewohner von ~~La Camada Lagunilla Villafeliche~~ La Cañada, eines fortschrittlichen und innovativen Städtchens einer zu Unrecht abgehängten Provinz wie der von ~~Soria Guadalajara~~ Teruel? Daher möchten wir sie zur Teilnahme an den Debatten über den fürchterlichen und brutalen klimatischen Notstand herzlich einladen. ~~Kommen wird Greta T~~

Der Kampf gegen die Klimakatastrophe wird feministisch oder er wird gar nicht sein. Darum ist die Anwesenheit von solidarischen, mutigen Unternehmerinnen wie Silvina Domingo in solchen Foren von totaler Bedeutung.

Mit freundlichen Grüßen
EIN VOLONTÄR

Ich möchte nicht prahlen, aber auch nach Ansicht meiner Tante war dies das bedeutendste Ereignis in La Cañada seit der Einführung von fließend Wasser und jenem Nachmittag, an dem Königin Sofía hier im Auto vorbeikam, um Mirambel als schönstes Dorf Spaniens auszuzeichnen, und ihr Chauffeur kurz vor der Bar anhielt, ausstieg, pinkeln ging und eine Flasche Wasser kaufte.

Wir hatten etwas Mühe, den Veranstaltungsort zu finden, weil wir nicht wussten, ob es der Pavillon Leeres Spanien oder Entleertes Spanien war (man hatte zwei eingerichtet, um niemandes Gefühle zu verletzen), und wir kamen gerade noch rechtzeitig zum Runden Tisch, Thema »Frauen, Kommunikation, Entwicklung und Nachhaltigkeit im ländlichen Raum«, an dem Pepa Bueno, die Chefredakteurin von El País, Spaniens Vize-Regierungschefin, die Chefredakteurin des *Economist*, die Präsidentin von La Rioja, eine Twitterin, die irgendein Harvard-Stipendium bekommen hatte, die Filmemacherin Paula Ortiz und Silvina Domingo teilnahmen, Letztere als Unternehmerin im ländlichen Raum, für uns aber natürlich die Madame des Shanghai, eines renommierten Animierlokals an einer der Ausfallstraßen von La Cañada. Moderiert wurde von einem Journalisten, den wir alle etwas schwach fanden und der seine Teilnahme wahrscheinlich der Männerquote verdankte. Mitgekommen waren Javier und Ramiro, die Vorsteherin und Leonardo Gascón, der den Bericht schreiben sollte. Den Wagen hatten wir in einem Kreisverkehr geparkt. Es war ein Nissan Patrol aus dem Jahr 1992, den Javier und Ramiro benutzten, wenn sie auf Wildschweinjagd gingen. Obwohl er alt war, konnte ihm keine Steigung was anhaben, und wir passten alle rein.

Die IFEMA hatte ich bislang nur zu negativen Anlässen aufgesucht: Wegen Unfällen, Attentaten, der Verleihung der Goyas oder der Kunstmesse ARCO, kannte daher die Messehallen nicht als Ort für einen besorgten Optimismus. Weder bin ich von Leidenschaft

verblendet, wie mein Vater gesagt hätte, noch folge ich einer vorge-
fassten Meinung, wie Politologen sagen würden, wenn ich behaup-
te, dass Silvina Domingo mit Abstand die Beste am Tisch war. Sie
konnte einige Vorteile für sich verbuchen. Zum Beispiel ging ihr die
inklusive Sprache wie selbstverständlich von den Lippen, wenn sie
von ihrem Unternehmen sprach, da sie nur mit Frauen arbeitete,
und sie wahrte eine grammatische Stringenz, die ihrer Erzählung
große Glaubwürdigkeit verlieh. Ob man es glaubt oder nicht, das
fand letztlich großen Anklang. Hätten die Independisten es verstanden, aus dem natürlicherweise gendergerechten Plural des Katalanischen Kapital zu schlagen, ihre Strafen wären glimpflicher ausge-
fallen. Mehr Grammatik, weniger Brandreden. So hätten sie ihre
einseitig erklärte Unabhängigkeit noch x-mal wiederholen können,
und alle wären glücklich gewesen. Im Übrigen beklatschte unsere
Dorfdelegation jeden von Silvinas Wortbeiträgen. Das hatte nichts
Aufgesetztes, es war ein genuiner, ganz spontaner Stolz, wie wenn
der Parteiführer spricht und alle applaudieren.

»Die Frage der Qualität der Information ist zentral und erweist
sich als unverzichtbares Gut, damit eine öffentliche Debatte überhaupt stattfinden kann. Wie soll man in einer Welt des informatio-
nellen Überflusses Glaubwürdigkeit gewährleisten? Wie kann man
die Regularien und Verfahren von Überprüfung und ausgewogener
Berichterstattung angesichts der Transformation der wirtschaft-
lichen Struktur der Presse bewahren? Die Rolle der *gate-keepers* ist
game-changing«, sagte die mit dem Stipendium.

»Eins ist doch klar. Orgasmierende Nutten taugen nicht fürs Geschäft«, sagte Silvina. »Apropos: Gibt es Geld für die Gesprächsteil-
nahme? Ich halte es da mit Lola Flores: Wes Brot ich ess, des Lied
ich sing.«

»Klar, da sprichst du ein spannendes Thema an«, sagte der Mo-
derator. »Die Frage des Verschwindens der Arbeitswelt und der

Eindruck sich diskreditierender Eliten. Die Krise von 2008 war einschneidend. Wir haben gesehen, wie alles zusammenzubrechen schien, aber es machte sich das Gefühl breit, dass die Konsequenzen andere würden tragen müssen als diejenigen, die sie in erster Linie zu verantworten hatten und relativ ungeschoren davonkamen. Natürlich ist das eine starke Vereinfachung, aber es bleibt der Nachgeschmack einer gewissen Scheinheiligkeit.«

»An dem Tag, an dem ich den Mund aufmache, werden sogar die Flüsse schweigen«, sagte Silvina.

Während der Fragerunde verwies eine Frau auf die Probleme der Landwirtschaft und das Fehlen finanzieller Unterstützung für die Dörfer.

»Aber was sollen wir in der Provinz Teruel denn mit den ganzen Frontónplätzen anfangen, Kindchen?«, sagte Silvina.

Einer von denen, die sich meldeten, war ein Abgeordneter. Er kam mir von Twitter bekannt vor, er erstellte gerne lange Listen. Er richtete seine Frage nach der Entvölkerung direkt an Silvina und sagte, er habe den Eindruck, sie hätten sich anderswo schon einmal gesehen, er erinnere sich nur nicht, wo.

»Ui, ich kann mir Gesichter ganz schlecht merken.«

Während Silvina noch antwortete, spürte ich, dass mir jemand auf die Schulter klopfte.

»Kike! So eine Überraschung!«

Ich drehte mich um. Es war Lina.

»Was machst du hier?«

Später wurde mir klar (war mir früher auch schon passiert), dass sie genau gewusst hatte, dass ich kommen würde. Obwohl ich im ersten Moment verwirrt war, freute ich mich doch. Seit Monaten hatte ich sie nicht gesehen, seit der Nacht, in der sie und Javi in einer Tierbefreiungsaktion den Pferch von Onkel Teófilo geöffnet hatten. Was war seither nicht alles passiert! Ich gab ihr ein kurzes

Resümee der Neuigkeiten, wobei mir schien, dass sie über manches schon im Bilde war.

Ich fragte, wie es ihr gehe. Sie sagte, alles prima.

»Verdammt, Kike, du bist ein echter Pionier.«

»Ach was, nein. Der Boy-Scout war mein Bruder.«

»Stimmt, du warst im Debattierclub.«

»Nein, das war meine Schwester. Die bei denen von Cuidadanos war. Ich war im Fotoclub.«

»Ja klar. Negative entwickeln mit widerlichen Flüssigkeiten im Jahr 2010. Aber schau: Beim Projekt *Teruel Existe* hast du ja auch mitgemacht, du hast es kommen sehen, vor allen anderen.«

»Es muss mir gefallen haben.«

»Du hast gesagt: Die territoriale Fragmentierung wird Gebiete treffen, in denen ein Zweiparteiensystem den Ton angibt, besser man ist dort. Und bist gegangen.«

»Eigentlich nicht unbedingt deswegen.«

Sie redete auf mich ein, und ich betrachtete ihr Ohrläppchen, diesen fast diagonalen Streifen mit Löchern, aber ohne Ohrringe. Ich erinnere mich, dass sie mir mal gesagt hatte, ich sei sehr heteronormativ. Ich fasste das als Kompliment auf. Kurz darauf verließ sie mich, und ich bin aufs Dorf gezogen.

»Ich dachte die ganze Zeit: Der findet nicht mal mit GPS nach Hause. Und hast du nicht gesehen, kommt er allen zuvor.«

Ich lachte, das glaubte sie doch selbst nicht.

»Und, wie läuft's?«

»Es gibt keine Regierung.«

»Aber sie haben das Joséalfredo wieder aufgemacht.«

»Die Sache ist, dass man mir letztens gesteckt hat, sie würden jemanden suchen, der das ländliche Spanien gut kennt, um ein Büro aufzubauen, einen Hochkommissar, der für das Problem sensibilisieren soll. Du weißt ja, das Thema ist zentral.«

»Und peripher.«

»Und da jetzt die von *Teruel Existe* vorgeprescht sind, wäre jemand aus der Provinz ideal, um ihnen Kontra zu geben. Jemand Authentisches, jemand wie du.«

»Authentisch, ich ...«

»Scheiiii«, sagte Javier, und ich wusste instinktiv, dass er mich meinte. »Wir kommen zu spät, verdammte Hacke.«

»Mach nicht gleich die Pferde scheu, Blödmann. Wir gehen ja schon, die Puerta del Sol läuft uns nicht weg«, sagte ich zu ihm. Und zu Lina: »Ich muss mit denen los ...«

»Du hast noch Sachen bei mir«, sagte sie. »Also, denk nach über das, was ich dir gesagt habe.«

Und ich dachte darüber nach, an diesem Nachmittag, als wir auf unserer Sightseeingtour das Bernabéu-Stadion besuchten (der Beste der Quinta del Buitre war Pardeza), den Prado (Goya, die Nummer eins), die Plaza Mayor und mit dem Roller die Straße runterdüsten. Ich dachte darüber nach, als ich mich von ihnen trennte, um spazieren zu gehen. Ich ging ins Pandora, die Bar, wo ich so oft gewesen war, als ich noch in Madrid wohnte. Ich begrüßte Luismi, den Besitzer. Es fand gerade die Präsentation einer Zeitschrift statt, in der es um Isaiah Berlin ging. Ich bestellte noch einen Gin Tonic. Meine alte Wohnung war ganz in der Nähe. Sollte ich hingehen und wenigstens die Platten von Pavement und die DVD-Box Hong Sangsoo abholen? Und jene seltene Aufnahme von Battiato auf dem Festival von San Remo ... Oder stellte ich mir nur selbst eine Falle wie damals, als ich glaubte, ich hätte mit Rauchen aufgehört, und dass ich meinen Bruder vermisste, was aber nur damit zusammenhing, dass er Tabak im Haus hatte? War das die Möglichkeit, sich an der Regierung zu beteiligen und wirklich etwas zu verändern, das Versprechen auf Transformation, das Kino im Círculo de Bellas Artes,

Videos verschicken per WhatsApp, achtzigtausend Euro im Jahr, Quinoa und Manuka-Honig, Linas Beine, so lang wie ein Sommer in der Kindheit?

Auf der kleinen Bühne der Bar herrschte ein Kommen und Gehen von Frauen, die über Judith Shklar sprachen. Wie lange hatte ich keinen Gin Tonic mehr aus einem Glas getrunken! Ich vermisste die Plastikbecher und Korbflaschen der Dorf-Tresen. Ich kam ins Gespräch mit den Leuten von der Zeitschrift, und später wechselten wir ins Vicente, eine Flamenco-Bar in der Calle Segovia, und wir wollten schon alle nach Hause gehen, als jemand vorschlug, in einer Karaoke-Bar vorbeizuschauen, wo sich das Gespräch fortsetzte und ich mit mir uneins war, ob ich mich verdrücken oder bleiben sollte, La Cañada oder La Moncloa, Lourdes oder Lina, was für eine Verwirrung, und ich beschloss, das zu tun, was ich immer tue, wenn ich ein Problem habe, das ich nicht lösen kann: noch ein Glas bestellen und ein Lied singen. Es wäre vielleicht sonst nicht meine erste Wahl gewesen, aber ich fand, dass »Entre dos tierras« von Héroes del Silcenio mein Dilemma gerade am besten auf den Punkt brachte, denn auch ich saß zwischen zwei Stühlen.

Ich fing an zu singen, den Text kannte ich auswendig.

Als ich endete, bekam ich Beifall. In den allermeisten Fällen dauert es ein paar Monate, bis die Leute merken, dass ich da bin. Ich bin ihnen nicht unsympathisch, aber es braucht eine Weile, bis ich für sie existiere. An diesem Abend jedoch nicht. Das war eine große Überraschung.

Zurück an der Bar merkte ich, dass ich mich entschieden hatte. Ich würde nach La Cañada zurückkehren, Pavement gab es auch auf Spotify. Dort war mein Platz. Ich schrieb mir eine Notiz in der WhatsApp-Gruppe, die ich mit mir selbst habe und wo ich meine wichtigen Gedanken festhalte. Ich erinnerte mich an die Zeilen von

Bob Dylan: »My heart is in the Highlands at the break of day / Over the hills and far away«, und wusste plötzlich, dass es dieses Lied war, das ich eigentlich singen wollte. Es dauerte siebzehn Minuten, erzählte aber mein ganzes Leben. Was Lourdes wohl in diesem Moment gerade tat? Und wie spät es sein mochte? Ich bat den Kellner um das Heft mit den Songtexten.

Während ich suchte, tippte mir jemand auf die Schulter.

»Mensch, Alter, Glückwunsch. Das hat mich jetzt voll erwischt.«

Er war betrunken. Und nicht zu knapp, oder sagen wir: fast so sehr wie ich. Er sagte, er sei Berater bei Esquerra, der Republikanischen Linken Kataloniens, heiße Oriol, habe viele Nächte hier ausklingen lassen und sich immer genau dieses Lied ausgesucht. Einmal habe er es gemeinsam mit Rufián gesungen. Es sei quasi seins.

»Ja klar, eures gehört nur euch, und unseres gehört beiden, uns und euch, das kenne ich schon«, sagte ich.

Er lachte, aber ich fand das nicht witzig. Er schlug vor, wir sollten ein Selfie von uns machen. Ich nickte.

»Heiliger Strohsack«, sagte er. »Darf nicht wahr sein!«

»Was'n los?«

»Sie haben Greta Thunberg entführt.«

»Red keinen Stuss.«

Er reichte mir das Handy, und ich las die Nachricht. Greta war im Anschluss an eine Rede spurlos verschwunden. Ich suchte die Information in normalen Medien. Es war auf allen Kanälen die Schlagzeile: »Greta Thunberg, Symbolfigur der Klimakrise, entführt«; »Der Raub der von ihren Eltern und von Pedro Sánchez vernachlässigten Greta Thunberg«; »Klimakatastrophe oder Nebelkerze?«; »Der spanische Staat hat alle Mittel auf die Unterdrückung Kataloniens verwandt und Greta preisgegeben«; »Franco's ghost haunts Spain in wake of Thunberg's kidnap«; »WTF?«; »Wie man auch als Entführte eine gute Feministin sein kann«; »Stockholm-Syndrom –

ein heteropatriarchalisches Hirngespinst?« Seit dem letzten Eurovision Contest hatte sich Spanien nicht mehr so lächerlich gemacht. Ich hielt es für meine Pflicht als Bürgermeister, die Sache in aller Form zu verurteilen. Ich sagte zu Oriol, seine Leute sollten das Gleiche tun.

»Ja, du hast recht.«

»Ich gehe und bereite meine Rede vor.«

»Ich muss erst fragen, ob wir das nicht waren.«

Er telefonierte. Ich ging auf die Straße. Ich stand wie in dichtem Nebel, und die ersten Vorboten eines Katers zogen herauf, kurzum: Ich fühlte mich wie ein galizischer Kolumnist. Alles, was ich in den Artikeln über Greta gelesen hatte, kam mir seltsam unwirklich und traumhaft vor. Und als ich aufschaute, erinnerte ich mich plötzlich, wann die Dorffeste sind, und es ist wieder der Tag der Peñas, und du hast mehr alkoholische Getränke gemischt als Rosalía Musikstile und bist mit letzter Kraft nach Hause gekommen, zum Glück war es nicht weit, und hast es bis ins untere Bad geschafft, willst kotzen, hast dich aber vertan und bist zunächst ins Bad deiner Tante und deines Onkels gerannt und erst dann ins richtige, aber dort war der Klodeckel unten, was dich wertvolle Zeit gekostet hat, oder zumindest ist es dir so vorgekommen, obwohl es am Ende doch gereicht hat, nur ist das Glas mit den Zahnbürsten runtergefallen, aber du hast fast alle wiedergefunden und es vermieden (glaubst du), allzu großen Lärm zu machen, und hast penibel das Bad gewischt, immerhin, du bist ein Leader, und dann drehst du dich um, und dort, im Zwielicht auf der anderen Seite der Tür, steht, so wie John Wayne am Ende von *Der Schwarze Falke,* deine Großmutter, die mit in die Seite gestemmten Fäusten dein Tun verfolgt, mit einer Mischung aus Zärtlichkeit und Vorwurf, die dir die Sprache verschlägt.

Dort am Mäuerchen lehnte Lourdes.

DIE BEFREIUNG DER GRETA THUNBERG

Aus dem Heft des Hipsters

Es ist mir in Lokalen, die man als Kaschemme, Loch oder Pinte bezeichnen könnte, wenn nicht gewisse diskriminierende Konnotationen dagegensprächen, öfters passiert, dass ich den Eindruck hatte, einen Moment von Erleuchtung zu erleben. Es ist eine verwirrende Erfahrung, ähnlich wie die letzte Zeile eines Gedichts von Larkin zu lesen, sich eine Sternenexplosion vorzustellen oder an einem sonnigen, frostig kalten Morgen frisch rasiert spazieren zu gehen. Mit der Zeit habe ich gelernt, diesen Ahnungen zu misstrauen: Ob du willst oder nicht, Wahrnehmungsveränderungen gibt es. Einmal habe ich ein Mädchen dreimal hintereinander nach ihren Studienfächern gefragt, ohne zu realisieren, dass sie mit mir im selben Seminar saß (das war in der Zeit, als ich mich Mädchen noch in vage sexueller Absicht näherte, später habe ich gelernt, dass das schlecht war). Ein anderes Mal habe ich meine Patentante Aurelia nicht gleich erkannt und mich damit herauszureden versucht, dass sie mit der neuen Mütze ganz verändert aussah, dabei war das ihr Haarschnitt, den sie schon ihr ganzes Leben hatte. Ich schickte mir per WhatsApp die Ideen, auf die ich in diesen epiphanischen Momenten kam, weil es mich wütend machte, mich am nächsten Tag nicht mehr an sie erinnern zu können, und wenn ich sie mir handschriftlich notierte, konnte ich das in der Regel hinterher nicht mehr lesen. Aber die Nachrichten waren eher frustrierend: »Es ist wichtig, auf die Fragmentierung hinzuweisen«, war eine, an die ich mich noch erinnere. »Die praktische Totalität von allem«, kam mir auch ziemlich dubios vor, die Idee dahinter konnte ich nicht mehr rekonstruieren. Aber als ich Lourdes sah, die vor der Tür des Karaoke an der Barbakane (war das jetzt Umgangs- oder Hochsprache?) lehnte, meinte ich es mit einem Moment echter Erleuchtung zu tun zu haben.

»So eine Überraschung.«

»Ach nee«, sagte sie und warf mir etwas in Alufolie Verpacktes zu.

Ich fing es in der Luft, es war ein Schinken-Bocadillo.

Ich bedankte mich.

»Krass, oder?«, sagte ich. »Greta ist verschwunden.«

»Blitzmerker.«

»Was ist bloß passiert?«

»Hast du nichts mitbekommen?«

»Ich hab's gerade erst gelesen. Weiß man schon mehr? Hat man sie gefunden?«

»Sie wurde entführt.«

»Von wem?«

»Das liegt doch auf der Hand, Junge.«

»Vox?«

»Die können nicht mal eine Zahnbürste richtig bedienen, wie sollten sie Greta Thunbergs Personenschutz überlisten.«

»Die Independisten?«

»Noch kälter.«

»In den Zeitungen stand nichts darüber.«

»Was du nicht sagst.«

Lourdes zog ihr Handy aus der Tasche und zeigte mir ein Video. Man sah Greta, die eine Rede hielt, um sie herum die Sicherheitsleute.

»Guck mal. Siehst du den Kerl da?« Sie zeigte auf einen blonden Typen.

»Sehe ich, ja.«

»Gut, schau genau hin. Siehst du, dass er nach rechts guckt?«

»Von mir aus oder von ihm aus?«

»Etwas, das man nicht sieht, rechts.«

Sie ließ das Video noch einmal laufen.

»Ja, jetzt sehe ich's«, sagte ich. »Und was ist das?«

»Nein, das ist ein anderes Video. Das ist mein Cousin, der mit dem Feuerzeug seine Furze abfackelt. Was für eine irre Stichflamme.«

»Welcher Cousin?«

»Mario.«

»Der aus Gavá?«

»Ja.«

»Und, wie geht es seiner Mutter, Tante Angelines?«

»Lenk nicht ab. Schau genau hin, das ist ein Zeichen. Da beginnt die Operation. Los, rein ins Auto.«

Ich stieg neben ihr ein. Klappte die Sonnenblende runter und betrachtete mich im Spiegel. Ich sah aus wie eine Mumie, die von einem Sandsturm erwischt wird, als sie gerade aus ihrer Pyramide fliehen will. Ich klappte die Blende hoch. Lourdes gab Gas.

»O.k., wenn es also stimmt, wer könnte das gewesen sein?«

»Ist doch klar, oder?«

»Ich weiß nicht. Die Stromkonzerne? Die Ölfirmen?«

»Was denn, die brauchen Greta doch nicht zu entführen. Die müssen sie nur kaufen. Das kommt sie billiger.«

»Der IS?«

»Die sind am Ende. Wenn du genau nachdenkst, gibt es nur wenige, die das getan haben könnten.«

»Wer?«

»Der FSB.

»Ah, klar«, sagte ich.

Und ich begann zu überlegen, was damit gemeint sein könnte. Die Front Souveränes Borja? Die Fraktion der solipsistischen Bürger Aragons? Der Freundschaftsverein der sozialdemokratischen Besserverdiener? Die Futuristisch-Suprematistischen Bukoliker? Oder, falls es ein englisches Kürzel sein sollte, die Fucking Sudanese Bastards?

»The Artist Formerly Known As KGB.«

»Nee komm.«

»Wieso? Du weißt doch, dass Putins Russland seit Jahren den Westen piesackt, aus reiner Schikane. Wie die aus La Valredonda, die jede Gelegenheit nutzen, uns zu nerven.«

»Die Beziehungen zwischen beiden Dörfern haben sich in den letzten Monaten sehr verbessert. Das sage ich jetzt nicht, weil ich Bürgermeister bin.«

»Na ja, während der Festtage haben sie versucht, vor dem Konzert eine Wagenladung Mist auf den Marktplatz zu kippen.«

»Das war ein Missverständnis, und die Sache nahm ein versöhnliches Ende.«

»Versöhnlich! Drei von uns mussten ins Krankenhaus. Mehr als am 1. Oktober. Gut, hör zu, die aus Valredonda sind einfach neidisch auf uns. Du wirst dich fragen, warum?«

»Warum?«

»Weil sie Idioten sind, weil sie mehr Einwohner haben, mehr Geschäfte und mehr Geld. So sind die Leute halt. Und sie kopieren uns. Zum Beispiel gab es bei uns das Eselrennen. Und was haben sie gemacht? Ein Eselrennen. Bei uns gab es die Kulturwoche. Und sie?

Auch eine Kulturwoche. Kultur! Ausgerechnet in Valredonda. Ihr Ortschild erkennen sie nur am Wappen. Die Petanca-Meisterschaften. Seit Urzeiten finden sie bei uns an San Luis statt. Und jetzt haben sie ihrerseits beschlossen, sie an San Luis stattfinden zu lassen und nicht wie eh und je an San Cristóbal. Jedenfalls, Putin macht dasselbe wie die aus Valredonda, der Scheißkerl.«

»Okay.«

»Der Mechanismus beruht auf Nachahmung.«

»Aber wir entführen keine russischen Mädchen.«

»Im Dorf?«

»Nein, im Westen.«

»Man kann Sachen nachmachen, die es nicht gibt.«

»Das ist sehr postmodern.«

»Hast du nicht Ivan Krastev gelesen?«, sagte sie und bog in den Kreisverkehr ein.

»Nein.«

»Vielleicht kommst du mal aus dem Quark. Hör zu. Sie schnappen sich eine Symbolfigur und lassen den Westen dumm dastehen. Das spielt ihnen in die Karten.«

Auf meinem Handy ploppte eine Warnmeldung auf. Ich bekam einen Schreck, weil ich es nicht mehr gewohnt war, Empfang zu haben. Ein neuer Disney-Film transportiere heterosexuelle Propaganda, hieß es da. Dann sah ich weitere Nachrichten.

»Schau, hier drückt Russland seine Besorgnis aus.«

»Siehst du? Da hast du die Bestätigung. Ihr Problem ist nur, sie außer Landes zu bringen.«

»Gerade das scheint mir das geringste Problem. Man bringt sie in die Botschaft.«

»Zu exponiert. Darum sind wir hier. Sie bringen sie woandershin. Man nennt das eine Exfiltration.«

»Wohin?«

»Sie bringen Greta nach Teruel.«

»Ach komm.«

»Zum Flugfeld von Caudé. Eine der Unsinnigkeiten, die während der Blase gebaut wurden: ein Flughafen in Teruel. Aber die Sache ist glimpflich ausgegangen, er wurde recycelt und dient jetzt als Stützpunkt für die Reparatur russischer Flugzeuge. In einem davon fliegen sie sie aus.«

»Wäre es nicht viel einfacher gewesen, sie im Kofferraum rauszuschmuggeln wie Puigdemont?«

»Denk dran, dass sie das nur tun, um zu schikanieren.«

»Und?«

»Greta mag keine Flugzeuge.«

»Woher weißt du das alles?«

»Das ist die einfachste Erklärung. Ockhams Rasiermesser.«

»Wenn du meinst.«

»Gut, wir fahren hin, wir müssen sie retten. Ich fahre. Meinetwegen kannst du mich unterhalten, aber geh mir bloß nicht auf den Sack.«

Ich wollte noch sagen, dass ich eine Erleuchtung gehabt habe, und ihr diesen einzigartigen Moment beschreiben, weil sie eine Offenbarung enthielt, die La Cañada und sie betraf, aber ich fand nicht die richtigen Worte. Ich sah sie an und wusste, ich würde gleich einschlafen. Es gibt doch nichts Besseres als eine Frau, die sich selbst ermächtigt.

Kapitän Iwan Korolenko, Veteran der Tschetschenien- und Ukraine-Konflikte, hochdekorierter Kämpfer in unzähligen Schlachten, durchquerte grinsend die öden Gefilde der Provinz Teruel und dachte daran, dass er, der seinerzeit als eines der Grünen Männchen auf der Krim einmarschiert war, jetzt die Symbolfigur der grünen Bewegung im Kofferraum spazieren fuhr. Aber er nahm an, dass Oberst Grigorij Dimov neben ihm seinen Humor nicht zu schätzen wissen würde. Er mochte keine Witze, und er war sauer, weil das Mädchen ihn in den Zeigefinger gebissen hatte und er sich wohl bei der Ankunft in Moskau gegen Tetanus würde impfen lassen müssen, und das bei seiner Angst vor Spritzen. Abgesehen davon war die Fahrt ohne Zwischenfälle verlaufen, und Korolenko glaubte, sie würden den Flughafen ganz nach Plan erreichen, als er hinter einer Kurve, wo die Sonne ihnen ins Gesicht schien, eine Staubwolke erblickte, aufgewirbelt von einer großen Schafherde, die die Straße auf ganzer Breite blockierte.

Der Wagen verringerte seine Geschwindigkeit. Er rollte langsam auf die Herde zu, aber die Schafe dachten nicht daran, Platz zu machen. Er versuchte erneut anzufahren, aber sie rührten sich nicht. Ivan Korolenko wartete, halb ungeduldig, halb genervt, während Oberst Dimov die Fäuste ballte. Er fuhr noch ein paar Meter weiter, hielt wieder an.

»Scheißichmir in Kelch«, sagte er, was auf Russisch mehr nach Dostojewski klang, und stieg aus dem Wagen. Er versuchte, die Schafe zu verscheuchen. Plötzlich hatte er eine seltsame Eingebung. Unwillkürlich erinnerte er sich daran, wie sie es in den Achtzigern in Afghanistan mit den Scheißpaschtunen zu tun gehabt hatten. Das Gedächtnis arbeitet schneller als das Bewusstsein, hatte er in einem Leitfaden gelesen, und rannte zurück zum Auto. In dem Moment hörte er den Satz:

»Hände hoch, du Flitzpiepe, oder ich baller dir eine, dass du im Himmel zum Verpissen kein Wölkchen mehr findest.«

Hinter einigen Steineichenbüschen hatten sich die Mitglieder von *Bambi* postiert: La Cañadas Ortsgruppe der Jägervereinigung Maestrazgo-Sierra de Arcos.

Kapitän Ivan Korolenko hob die Hände über den Kopf.

Silvina Domingo, CEO des Start-ups Shanghai, ging um den Wagen herum und öffnete den Kofferraum, aus dem die junge Schwedin stieg, die Symbolfigur des Kampfes gegen die Klimaerwärmung.

»*Those little lambs just saved me!*«, sagte sie.

»Gleich wirst du sehen, gegrillt sind sie noch besser.«

Aus dem Heft des Hipsters

Als wir bei ihnen ankamen, war alles unter Kontrolle. Rasch fuhren wir nach La Cañada.

Während sie mir den Überfall auf das Auto der Agenten schilderten – *El Peirón* zufolge eine konzertierte Aktion von Churros, Merinos und Jagdverein (wobei die Schafe eigentlich mehrheitlich Rasas Aragonesas und Ojinegras waren) –, musste ich an uralte Traditionen denken, an den atavistischen Widerstand der eingeborenen Bevölkerungen gegen Heere und Imperien. Das hatte fast etwas Anthropologisches. Es war die Kombination aus Erfindungsgabe, Gebietskenntnis und Mut, die schon den napoleonischen Truppen im Spanischen Unabhängigkeitskrieg das Leben schwer gemacht hatte, und zeigte dieselbe Entschlossenheit, mit der die Mitglieder der Agrupación Guerrillera de Levante y Aragón im Februar 1948 den Linienbus – »El Caimán« – im Barranco de los Degollados überfallen sollten.

»Was redest du da?«, sagte Javier zu mir. »Wir haben das aus einem Film von den Leuten von Antena Aragón abgekupfert, die alle aus dem Westen sind.«

Dann gingen wir Greta Thunberg begrüßen, die gerade einen Teller Borretsch-Kartoffeln aß.

Ich zeigte ihr unsere Projekte für ökologischen Landbau, die sie sehr interessant fand. Sie sagte La Cañada sei ein Vorbild für Europa. Nichts weniger! Javiers lederne Bota de Vino fiel ihr ins Auge, und sie meinte, das sei mal ein Paradebeispiel für ein natürliches, wiederverwendbares Gefäß, ein Modell für Nachhaltigkeit. Es gibt ein Foto, das in *El Peirón* veröffentlicht wurde, auf dem zu sehen ist, wie Greta jungen Wein aus einem Becher mit dem Abzeichen des Vereins El Ventorrillo trinkt. Ich glaube, das ist eines der besten Fotos von Greta, kein Wunder, dass es wie ein Lauffeuer Verbreitung fand.

Wie meine Tante sagt, zeigt ihr Gesicht da eine gesunde Farbe und Fröhlichkeit wie auf keinem anderen Foto.

Tatsächlich glaube ich, dass sie hier ein paar erholsame Tage verbracht hat. Es hat ihr gutgetan, dem medialen Druck für eine Weile zu entfliehen.

»Die Kleine ist ja ganz marode«, hatte meine Tante auf den ersten Blick erkannt, und stellte sofort ein paniertes Schnitzel vor sie hin (das Greta aß, als wir ihr versicherten, dass es Tofu sei).

Das war einer der Gründe, warum wir nicht Alarm schlugen: Wir wollten, dass sie sich bei uns erholte. Nach und nach ebbte die Nachrichtenflut ab; Greta beschäftigte weiter die Medien, nahm aber immer weniger Raum ein. Ihr Verschwinden war eines der Rätsel, mit denen wir täglich konfrontiert sind, wie der Ursprung des

Bewusstseins, die Vermehrung der Aale und die Mode der kurzärmligen Hemden.

Eine Zeit lang fantasierte ich davon, sie überreden zu können, in La Cañada zu bleiben. Wäre sie ein paar Jahre jünger gewesen, hätte das den Fortbestand der Dorfschule garantiert. Aber auch so wäre es ein wenig wie *Casablanca* gewesen (wenn auch ohne Flugzeug). Am Ende muss man sich entscheiden, will man die Schule von La Cañada oder den Planeten retten, sich überlegen, was wichtiger ist und wer das jeweils leisten kann. Daher brachten wir sie, die jetzt richtig erholt aussah, ein paar Tage später nach La Venta, um sie dort in den Bus nach Aliaga zu setzen, wo sie in einen Bus nach Teruel stieg, um von dort im Regionalzug nach Valencia zu fahren, und in weniger Zeit als ein Mensch mittleren Alters braucht, um eine dritte Fremdsprache fließend sprechen zu lernen, stand sie erneut im Kreuzfeuer der Medien. Aber egal, sie wird immer unsere Greta bleiben, und wir freuen uns alle über die netten und wohlwollenden Dinge, die sie über La Cañada sagt.

Komplizierter lag der Fall bei den Wodka-Lemons, wie die Leute hier die beiden FSB-Agenten nannten, die im Anhänger von Demetrio Brumós dem Ruchlosen gut verschnürt zwischen den Schafen ins Dorf gekommen waren. Anscheinend machte ihre Integration gewisse Probleme. Wir hatten nichts gegen ihre Tätigkeit, jeder verdient sich seinen Lebensunterhalt, so gut er kann: Bist du Schäfer, als Schäfer; bist du ein Zigeuner, der Pfirsiche verkauft, als Pfirsiche verkaufender Zigeuner; und bist du ein Auftragskiller im Dienst eines autoritären Regimes, dessen Ziel es ist, die westlichen Demokratien zu destabilisieren, dann tust du eben das. Wer frei von Sünde ist, der werfe den ersten Stein, wie ein gewisser Jemand sagte. Im Übrigen glaube ich auch nicht, dass ihre Arbeit ein Zuckerschlecken war, allein wenn ich an das Frühaufstehen denke, das man ihnen abverlangt, an die ständigen Jetlags und wie kompliziert

Büroaffären geworden sind, wie schwer vereinbar mit ihren Arbeitszeiten. Und klar, nach allem, was sie mir erzählten, hatten sie mächtig Schiss. Sie dachten, sie könnten nie mehr in ihr Land zurück, fürchteten, man werde sie finden und für ihr Versagen büßen lassen. Sie kamen mir reichlich deprimiert vor, weshalb ich zu ihnen sagte, sie hätten sich so schlecht doch gar nicht geschlagen, immerhin wären sie zu zweit mit sämtlichen westlichen Geheimdiensten, der Sicherheitsfirma, die Taylor Swift für ihre letzte Tournee engagiert hatte, vier frühpensionierten Bergleuten aus La Cañada und der Geschäftsführerin des dortigen Freudenhauses konfrontiert gewesen. Verständlich, dass die Sache etwas schiefgegangen war.

Sie beruhigten sich etwas, aber man sah ihnen die Angst vor Repressalien an.

»Wundert mich nicht«, sagte Lourdes, »Putin hat es nicht so mit jungen Mädchen.«

»Ja, er ist kein Berlusconi, auch wenn die sich noch so gut verstehen«, erwiderte ich.

Ich wollte zeigen, dass ich mich auch in internationaler Politik auskannte.

Die Lösung ergab sich ganz unerwartet. Eines Morgens, als ich mit Yanis spazieren ging, hörte ich jemanden mit gewaltiger, melodiöser Stimme singen:

Hoch auf den Gipfeln des Ural
träumte ich, brannte der Schnee,
und träumte zu träumen das Unmögliche,
dass du mich liebtest, unten im Tal.

Und dann:

Gehst du nach Nischni Nowgorod,

dann schau, dass du Dolores triffst,

weil sie ein hübsches Mädchen ist,

das jedem gerne an sich bot.

Wie tschechowsch sich plötzlich unsere Jotas anhörten!

Ich ging entlang zwischen verlassenen, halb verfallenen Häusern mit alten Stallungen und Pferchen, der ehemalige Stolz des Dorfes, das mal dreizehn Pfarrer und fast tausend Einwohner hatte, und die Stimme erklang mit leicht ausländischem Akzent, wie die von einem slawischen Fußballspieler einer Mannschaft aus dem Tabellenmittelfeld Mitte der Neunzigerjahre.

Von meinem Dätschchen zu meinem Mädchen

soll mir ein Zuckerröhrchen sprießen,

durch das die gute Milch soll fließen,

von meinem Bäumchen zu ihrem Pfläumchen.

»Dem Korolenko gefällt die Jota sehr«, sagte Juan el Garroso zu mir.

»Natürlich, die Russen besitzen eine bewundernswerte Musikkultur. Die slawische Welt insgesamt. Sind sehr gut ausgebildet ...«

»Ja, aber die Jota mag er trotzdem«, sagte er.

Lourdes zeigte mir ein Video, in dem die Rote Armee eine Jota sang. Das hatte Tradition!

Der Rest ist, wie ein gewisser Jemand sagte, Geschichte, obwohl man sie aus Sicherheitsgründen nicht an die große Glocke hängen sollte. Ivan Korolenko, könnte man sagen, starb fast noch am selben Tag, und geboren wurde Rasputin, der Hirte vom Ural, der einigen Kritikern zufolge zu den großen Erneuerern der aragonesischen Jota der letzten Jahre zählt, zumindest seit den Zeiten von

Carmen París. Er lebt in Saragossa, unweit von Grancasa (die Information ist vertraulich).

Für Oberst Dimov lief es anfangs weniger gut. Als die Ärztin ihm die Tetanus-Impfung geben wollte, stellte sie beim ihm Anthrax fest. Milzbrand ist in der Provinz Teruel endemisch, es wird von Schafen übertragen, aber es ist auch Pech, dass ausgerechnet er sich angesteckt hat: Da bringst du dein Leben damit zu, Leute zu vergiften und dich nicht vergiften zu lassen, damit dich am Ende ein Schäfchen im Anhänger von Onkel Demetrio dem Ruchlosen mit Anthrax infiziert. »Du trägst Orangen nach Valencia wie andere Eulen nach Athen«, sagte die Ärztin zu ihm, als Oberst Dimov ihr das Fläschchen mit Polonium zeigte. Aber es geht ihm jetzt schon viel besser, was haben wir doch für ein tolles Gesundheitssystem in Spanien, muss man sagen. Dimov kümmert sich darum, die Karriere des Hirten vom Ural zu managen (man sagt, sie seien Brüder). Sie haben versprochen, auf unseren Dorffesten aufzutreten.

Das Leben, wie man erst ganz allmählich zu verstehen beginnt, lässt immer Leerstellen und Sachen übrig, die sich nicht füllen und nicht fügen wollen. Das Einzige, was perfekt ins Bild passt, sind Verschwörungstheorien und ein schwarzes Paar Jeans von Lourdes. Man ist also gut beraten, sich mit den vielen Unbekannten und losen Fäden im Alltag zu arrangieren. Ich weiß, das haben Leute gesagt, deren Weltanschauung sich deutlich von meiner unterscheidet. Aber es gibt grad keine Alternative.

Dennoch war es ein bisschen enttäuschend, dass im Gebiet der Masada Juve keine Reste des Turiasaurus auftauchten. Das Paläontologen-Team hatte frustriert und etwas Hals über Kopf die Segel gestrichen. Offenbar war Professor Slowmould wegen der Anzeige einer Studentin in Schwierigkeiten, sodass sie ohne Finanzierung dastanden. Ich vermute, es handelte sich um ein Problem mit dem

Notenschlüssel, die universitäre Bürokratie ist manchmal wirklich zum Verzweifeln.

»Sie haben sich verpisst, als wäre die Eidechse, die sie suchten, hinter ihnen her«, sagte Onkel Juan, säbelbeinig wie eh und je, im Trinquete unter den Rathausarkaden.

Lourdes und ich fuhren zur Masada, um uns ein Bild von den Ausgrabungen zu machen. Sie hatten ein Loch gegraben, das gefährlich aussah, und wir dachten, dass man es besser wieder zumachen sollte. Oder eigentlich dachte das Lourdes, ich hielt es für etwas übertrieben.

Aber wir hatten Hacke und Schaufel dabei und begannen mit der Arbeit. Plötzlich quoll aus dem Boden eine zähflüssige schwarze, stark riechende Flüssigkeit.

War das die Chance für La Cañada? Oder wieder die alte Falle mit den natürlichen Ressourcen, vor der uns so viele Ökonomen, Historiker und Politologen gewarnt haben? Ich kam zu dem Schluss, wir sollten uns mit dem Wissen begnügen, dass es da war, und die Finger davon lassen. Und falls nötig, könnte es uns ja helfen, den ökologischen Umbau zu finanzieren.

Lourdes und ich mussten nicht groß diskutieren. Wir schauten uns kurz an und schaufelten das Loch zu. Dann gingen wir den Weg zurück bis dorthin, wo der Wagen stand. Ich überlegte, ob ich ihr von meinem Moment der Erleuchtung erzähle, aber auch das schien mir nicht ratsam. Es war ein klarer Wintermorgen, die Sonne schien, ein Chanson von Léo Ferré ging mir durch den Kopf und ich summte es leise vor mich hin.

DANKSAGUNGEN

Die Erstfassungen einiger Texte dieses Buches sind auf der Website von *Letras Libres* erschienen. Die Bezeichnung »Leeres Spanien« habe ich dem gleichnamigen Essay von Sergio del Molino aus dem Jahr 2016 entlehnt (die deutsche Fassung erschien 2022 im Wagenbach Verlag). Zudem finden sich auf diesen Seiten Parodien und Zitate volkstümlicher Jotas und Fragmente von Liedern von José Antonio Labordeta (»Canto a la libertad«) und Héroes del Silencio (»Entre dos tierras«). Benutzt habe ich darüber hinaus Äußerungen von Michael Oakshott, Íñigo Errejón, José María Lasalle und Greta Barreiros. Ich danke Aloma Rodríguez, Elena Alfaro, Zita Arenillas und Ricardo Dudda für ihre Lektüre und ihre Kommentare. Mit Aloma Rodríguez, Bárbara Mingo Costales, Miguel Aguilar, Sílvia Claveria und Ramón González Férriz habe ich über den Fortgang einiger Handlungsstränge gesprochen und von ihnen Anregungen für Lösungen und Wendungen bekommen. Dieses Buch hat der Unterstützung und Ermutigung durch Mónica Carmona viel zu verdanken; auch hätte ich es nicht geschrieben, wenn ich nicht viele Jahre in den Dörfern der Provinz Teruel gelebt hätte, wo meine Mutter Carmen Gascón als Ärztin tätig war. Ich danke den vielen bekannten und unbekannten Lesern, die mir mit ihrer komplizenhaften Lektüre Lust gemacht haben, neue Abenteuer des Hipsters in La Cañada zu ersinnen.

ACCIÓN CULTURAL
ESPAÑOLA

Die Übersetzung dieses Buches wurde gefördert von
Acción Cultural Española (AC/E).

Der Übersetzer dankt dem Deutschen Übersetzerfonds e.V.
für die Förderung seiner Arbeit

© der deutschen Ausgabe: Verlag Antje Kunstmann GmbH, München 2023
© der Originalausgabe: Random House, Barcelona 2020
Titel der Originalausgabe: Un hipster en la España vacía
Umschlaggestaltung: Heidi Sorg und Christof Leistl
Typografie und Satz: frese-werkstatt.de
Druck und Bindung: CPI – Clausen und Bosse, Leck
ISBN 978-3-95614-562-9